村原白描

——乡村振兴走访纪实

谭晓琴 —— 著

天津出版传媒集团
百花文艺出版社

图书在版编目（CIP）数据

村原白描 : 乡村振兴走访纪实 / 谭晓琴著 . -- 天津 : 百花文艺出版社 , 2022.9
ISBN 978-7-5306-8378-1

Ⅰ . ①村… Ⅱ . ①谭… Ⅲ . ①报告文学 – 中国 – 当代 Ⅳ . ① I25

中国版本图书馆 CIP 数据核字 (2022) 第 164400 号

村原白描：乡村振兴走访纪实
CUNYUAN BAIMIAO XIANGCUN ZHENXING ZOUFANG JISHI
谭晓琴　著

选题策划：王　欣
责任编辑：由高峰
装帧设计：云上雅集
出版发行：百花文艺出版社
地址：天津市和平区西康路 35 号　**邮编：**300051
电话传真：+86-22-23332651（发行部）
+86-22-23332656（总编室）
+86-22-23332478（邮购部）
网址：http://www.baihuawenyi.com
印刷：长沙市精宏印务有限公司
开本：787 毫米 ×1092 毫米　1/16
字数：200 千字
印张：15
版次：2022 年 9 月第 1 版
印次：2022 年 9 月第 1 次印刷
定价：98.00 元

如有印装质量问题，请与长沙市精宏印务有限公司联系调换
地址：湖南省长沙市岳麓区观沙岭街道西江庭院 006 栋 705
电话：（0731）85817162
邮编：410023

序

戴圣伟

实施乡村振兴战略是党的十九大明确提出的，是新时代“三农”工作的总抓手。乡村振兴是一项庞大的系统工程，包括产业振兴、人才振兴、文化振兴、生态振兴、组织振兴等方面。我经常思考，浏阳的农业农村，乡村振兴当如何谋篇布局？从何处入手？从哪里突破？怎样才能有序推进？事关当前，影响长远。

中央提出乡村振兴分“三步走”，磨刀不误砍柴工，浏阳“三农”的发展历程也充分证明，谋划好了，路走对了，农业农村发展就能又好又快。

很欣喜，看到浏阳本土作家谭晓琴女士的纪实文学《村原白描》。这部作品从作者实地走访的角度审视、拥抱和讲述浏阳的独特气质，从尊重客观事实入手，以这种写作视角，配以相关生动传神的照片，给人以心灵的邂逅、视觉的撞击，使人产生振奋精神之感。

农业强不强、农村美不美、农民富不富，决定着亿万农民的获得感和幸福感，决定着我国全面小康社会的成色和社会主义现代化的质量。我总是想，只有让农民都过上了好日子，才是高质量的全面小康，才是乡村的全面振兴，才能真正显示出共产党员的初心。

我以为，仓廪实而知礼节，乡村要振兴，产业必先要振兴，近年来，市、县、镇三级持续发力，派千余名干部驻村进行全面帮扶，各市直单位加强督导力度，下村到户指导村级产业发展，有力促进了农民增收脱贫和农村全面进步。

乡村振兴是一项宏伟战略，任务艰巨，不可能一蹴而就，必须要有足够的历史耐心和坚韧不拔的定力；乡村振兴，又是一项庞大的系统工程，内涵丰富，远不止上述几个方面。作为一个长期从事“三农”工作的实践者，我深信，在百业正兴的浏阳，只要我们都尽其所能，乡村振兴必将率先全面实现。

《村原白描》把乡村振兴的宏大主题包裹于乡村生活的日常叙事中，立足乡村，着眼于振兴。深入实施乡村振兴战略正是浏阳紧扣“两个中心”，勇当开路先锋的重要途径。站在历史的新起点，浏阳市人民政府将继续在巩固脱贫攻坚成果上持续发力，广大干部群众将会以时不我待、只争朝夕的使命感和紧迫感，真抓实干，奋发作为，共同为“美丽乡村”画卷增添亮丽色彩，为浏阳“三农”巨著注入崭新元素，奋力蹚出一条具有浏阳特色的乡村振兴新路子。

（本文作者系浏阳市人民政府副市长）

目录

MULU

第三章　党建引领走在前

第四章　剪得春光入画来

第五章　风头这方更劲

心之所向（代前言）

任何地域文化都需要长期不懈地被书写。

书写是对历史与记忆的捍卫。

“叩之以小者则小鸣，叩之以大者则大鸣”（《礼记·学记》），无疑不叩不鸣。无疑，浏阳是个值得去书写、魅力无穷的地方。

浏阳地处湘东，置县千年，一直都在演绎着“敢为人先，自强不息”的故事。

一切皆缘于一条伟大的河流。

蜿蜒九曲、奔流跌宕的浏阳河发源于罗霄山脉的大围山北麓，生生不息滋养着浏阳这座城，见证了浏阳从贫困走向富裕的步伐。

打开时空的印记，我们不难发现，浏阳从贫困县到进入百强市，再到全国经济实力第一方阵；从环境整治城乡统筹一体化到国家县城新型城镇化建设示范县，浏阳乡村振兴的脚步从未停歇。

民族要复兴，乡村必先要振兴。

2018 年，浏阳围绕打造“全国乡村振兴引领区、城乡融合发展排头兵、农村综合改革示范县”目标，出台了《关于全面落实乡村振兴战略的实施意见》和《浏阳乡村振兴三年行动计划(2018—2020)》，创造性实施乡村振兴“10+3+3+3”工作路线图，着力创建“以农为本、品牌鲜明、产业完善、建设精美、乡味浓郁”的乡村振兴示范村。

2019年，浏阳乡村振兴路径更明确，投资更精准，体系更完善，形成了集体经济、共建共享、融城开发、产业融合、文化兴村、特色旅游六种乡村振兴内生发展模式。

2020年，浏阳每年整合涉农资金3900万元，支持13个项目村建设，围绕乡村振兴战略，统筹好涉农资金，建成一批特色农业发展势头强劲、美丽乡村建设持续推进、村级集体经济发展不断壮大、基层组织建设不断加强的示范引领村。“乡村振兴看浏阳”，2020年年底，15家中央、省市网络媒体聚集浏阳，探寻乡村振兴“浏阳样板”。

2021年5月10日，浏阳市乡村振兴局正式挂牌，这标志着浏阳脱贫攻坚取得了全面胜利后，进入全面推进乡村振兴的新阶段。市委、市政府印发《关于全域推进乡村振兴示范创建加快农业农村现代化的实施方案》，将2021年定为乡村建设年，紧扣“争当乡村振兴样板”目标，围绕打造“四个标杆”，以创新实干的实际行动，全域推动乡村振兴示范创建，着力争创有效衔接、产业发展、人居环境、农村改革、区域合作和乡村治理六个方面的示范。加快全域推进乡村振兴示范创建，全面打响“乡村振兴看浏阳”的品牌，在全省和长沙乡村振兴工作大局中彰显浏阳担当。

实施乡村振兴战略写入党章，实现乡村振兴这条路是漫长的，美丽乡村的蜕变并非一蹴而就，这一路上有你，有他，有在这条路上洒过汗水、留下欢笑的人。

心之所向，素履以往。由此，我们虔诚地走进浏阳的村庄，寻找每一个鲜活、滚烫、跳跃的身影，邂逅温暖、动人、长情的人间大爱。

我嗅到了这一路的芬芳，花朵开放，承受着天地的恩赐；泥土坦荡，容下万千丘壑。乡村安宁、富足，吉祥如白莲花，质朴如青青草。

从容、微笑。

第一章

绿水青山就是金山银山

「完美」的乌托邦

竹联村的度过

有一张白纸叫「田溪」

“完美”的乌托邦

一、过着乡里人的生活，让城里人羡慕

三月的阳光缓缓从云层投下来，像网一样把东门村罩住。东门是我此次走访纪实的第一站。

我对东门有着太多偏爱。缘由是七年前，策划参与建设东门的园林和植物专家、民革党员周利和先生引荐民革长沙市委来东门调研“两学一助”工作，确定东门村为精准帮扶对象，探索民主党派助力长沙经济社会发展的新模式，为助力乡村体验经济发展闯出新路径。我是一名民革党员，又是通讯报道员，就这样与东门相遇了。后来，机缘巧合，竟又参与了《打开东门》一书的组稿。虽然该书暂且还没出版，但看着她一点点地壮大、成熟、惊艳，直至完美的蝶变。

“打造美丽乡村，我们一直在路上。”

这是写在东门外墙上的标语。

正是因为在路上，我称东门为“完美”的乌托邦一点都不为过。只有在路上，才需要不断地努力创造，努力奋斗，直至达到完美境界。

这次来东门前，我早就获知了在第一批长沙 104 个乡村振兴示范村镇的名单里，东门名列其中。这让我有了不一样的感知。东门大地正澎湃着一种无法言说的激情，这激情像火一样热烈燃烧着这块土地。一片灿烂的百合花在田野里怒放，远处青山环绕，山上岚气氤氲，一群白鹭像脱尘的仙子一样，展翅向花田旁的一片树林飞去。

由于熟悉，我们一行人没有先到村部，而是向村里头走去。

我仔细地打量着这种熟悉的陌生感，让心穿越时空。

《诗经·出其东门》："出其东门，有女如云。"在这里，"东门"成为春秋时期的城市密码。历史总是惊人地相似，但不是简单地重复。

沙市镇东门村有着得天独厚的古山、古井、古树、古书院、古寺，让人难以置信的是，民间传说故事达上百余个，森林覆盖率达到 80%……这是上苍对东门的馈赠。古文记载：蒿山脚下自古繁华。

繁华就是依山傍水、稻禾无忧、鸡犬相闻、怡然自得、炊烟袅袅……我想象着"繁华"的景象。

"山"和"古"是东门最有价值的一部分，是最能让人迷恋的东西。"抓住这两点，要做的事情就一定能做到！"当时张建辉抛出这句话来，让东门的策划和建设者们很是惊讶和佩服。

月亮湖

张建辉的话出人意料，是可追溯到出处的。张建辉，1986 年开始参军并在前线防御作战一年，立了三等功回来了。当时日子太穷，他一心做着自己的发财梦，通过做皮衣，他很快就成为村里的第一个万元户，一个月能挣 1 万多元，买来了摩托车，羡煞了村里人。正在他大刀阔斧准备做得更大时，老支书找到了他。村上面临换届选举，老支书想让他帮忙建设村子，带领村民共同致富。于是，他后来二十六年的人生岁月就这样与东门的发展同呼吸，共命运。

这是一份承诺，也是一份担当，更是一份使命。

当过兵、扛过枪、下过海、经过商……最终将人生坐标定格在东门村，在乡村发展的跑道上，一跑就是二十余年。接手村子后，张建辉做的第一件事就是封山育林。这让有些村民不满，认为这是在断他们的伐木生计，抱怨、牢骚、威胁都随之而来。兴许是张建辉当过兵，他浑身正气，一点都不在乎这些困难，更不害怕。直到 2007 年，被封了十几年的蒿山已从荒山变为了青山，萧条落寞好些年之后，东门出现了碧树滔滔、风掠绿波的春景。

此后，张建辉又将村部建在了蒿山脚下，放弃了临街的一块地。原本村部是准备建在街上，一楼盖几个门面可以出租，二楼用作办公室。要知道，这样的放弃就意味断了一条财路。

张建辉在寻求着改变。那个年代，不仅个人为了实现幸福生活而谋求着改变，整个国家更是如此。国家要强大，人民要富裕，墨守成规没有出路。

这次没有人公开站起来反对，所有人拭目以待。

张建辉在他勾画的致富蓝图上辛勤耕耘，把脱贫攻坚与特色乡村建设、风貌改造、乡村旅游、产业发展、生态环境建设等紧密结合。“脱贫攻坚之时就是美丽乡村建设之日。”

生活的理想在于理想的生活。

他没日没夜地奔走，拉项目，谈合作。回到村里，屁股还没挨凳，就找来周利和与从武汉大学请来的美学研究生陈永灿对资金、规划、用地等

百合基地

进行商讨。

私下里，我戏谑着说："太过理想化就像乌托邦一样无法实现。"张建辉豪气回应道："乌托邦是什么我不懂，但我们就是想做一个样板，看看怎么样能够更好地推动乡村建设，而且能够有示范性。"

原本以为有了好的愿景就会实现。可谁承想，惨淡的 2017 年让所有人开始怀疑人生。村委不仅负债，而且还因开发涉嫌"破坏"森林。面对打击，村民欲哭无泪。村委有人显得很不耐烦："开发，开发，上面没有项目，我们开发什么？"张建辉说："不是没有，而是要去争取，天下从来就没有掉馅饼的事。人这一生啊，不知有多少人输在这个'等'字上，等将来、等下次、等条件、等有钱，可是等来等去，等到后来，等没了机会，等来了遗憾，等来了后悔。"

让人们意想不到的是，这些困难丝毫没有动摇张建辉发展的决心。在他看来，这场遭遇还是吃了土地不够规范的亏，这是完全可以避免的。于是，东门村实行土地集中流转、建设统一规划、收入合理分配原则。其中，东门村集体土地经营权以自愿合作形式流转至利东专业合作社，由合作社用于项目开发建设，以村集体旅游项目为龙头，带动全村旅游休闲产业发展。同时，合作社与村支两委对土地划分利用、农业生产基础设施建设等统一论证。

在经历了许多的努力、奔波之后，东门村 2456 亩耕地和 2780 亩山林全部流转，村集体拥有固定资产达 4000 多万元。由合作社与村支两委统一规划发展乡村旅游，推出以蒿山为核心区域、以发展乡村旅游和休闲农业为抓手、壮大村级集体经济的发展思路。

东门开始逐渐形成了特色产业：种植水稻 1000 多亩、烤烟 800 多亩；乡村旅游观光园基地：叠水瀑布、农耕文化馆、工匠坊等 12 个景点；花卉苗木观赏基地：百合种植基地 500 亩，涉及 19 个系列的百合博览园；休闲体育运动基地：蒿山森林体育公园——占地面积 1000 多亩，羽毛球场、网球场、排球场、篮球场、足球场等休闲体育运动基地……终于，村旅游休闲农业产生经济效益达到了 260 多万元。以全面推进现代化农业发展为契机，深化土地经营权改革试点项目，加速了全村旅游休闲产业发展。

村民们笑了，他们看到了奔头，更尝到了甜头。

全村实现了蒿山泉水到户，是全省唯一一个物联网单村饮水工程示范村。

听着蒿山脚下叠水瀑布那水与水拍打的声音，一声声，无停歇，如巨大的分秒针，分割日月阴阳，弹跳晨岚夕照，让人有种强烈的感触，似乎整个东门正在朝前精准地脉动。

如此说来，东门是张建辉心中永远的乌托邦，他的生命属于这儿碧绿的山水。这里安放着一个乡下人的执着和倔强。

一时想起了一句话：只有顺应自然，才能驾驭自然。

随之而来的荣誉挂满了村委办公室：中国美丽休闲乡村、国家森林乡村、湖南省村级集体经济发展进步村、湖南省休闲乡村示范点、湖南省美丽乡村示范村、湖南省集体经济强村、长沙市美丽乡村示范村……东门村已然蜕变为明星村，光芒四射，熠熠生辉。

很快，东门越来越多地在各大媒体“露脸”，一时间，名气大振。

“故人具鸡黍，邀我至田家。绿树村边合，青山郭外斜。”央视《乡约》栏目看上了东门这块风水宝地。《乡约》是央视目前唯一一档相亲交友类大型户外访谈节目。那天，在东门，台上给嘉宾说媒，台下千人围观，现场观众参与，创造了中国电视一种特有的样式。

乌托邦没有失落。

2020年，村集体经济收入120.7万元，村民人均纯收入37600元。村连续十年发放老年人、贫困家庭慰问金、小学教师慰问金和大学新生文明升学奖励金。

当张建辉憨憨地笑着出现在我们眼前时，是他刚从党校授课回来，受邀为广大乡村干部讲述党建引领、深化改革、建立乡村样板村。他胸前别着的党徽格外耀眼。

谈及东门受到了方方面面的青睐，成为“明星村”时，张建辉边笑边指着自己说：“没办法，东门山好，水好，人更好，还有一个最好的明星。”“明星”，正是张建辉在女儿面前的称呼。女儿喜欢追星，于是他开着玩笑对女儿说：“爸爸就是你的明星呀。”一句幽默的话，可以看出张建辉的底气和自信。它像一块磁铁，散发着属于自己的磁场。

他的磁场吸引来了全国治理示范村，此殊荣浏阳唯一一个；吸引来了中组部、农业农村部……

话音刚落，他又拉着周利和老师去往田间地头，那里是他即将打造的新屋场，他准备在原有的一个幸福屋场外再建两个，把东门的景点通过屋场有效地衔接起来。

张建辉有着他独树一帜的口号：过着乡里人的生活，让城里人羡慕。

二、有故事的蒿山

前几年，我在筹备《打开东门》一书时，就认识了他——罗定茂老爹爹，东门的一位退休老教师。

七旬的罗爹是一位让我惊喜的东门人。他精神很好，说起话来声音洪亮，对东门历史了如指掌，对东门土地情深厚谊，几十年不倦地收集东门的历史素材，最擅长的就是讲故事。

在东门，他在村头转悠着，往往会遇到一些村民亲切地和他打着招呼，交谈几句。

“出门啊?”

“去村里头走走。”

“等下来坐坐。”

“好咧，好咧。”

罗爹坐在蒿山下，好些人围着他，或游客，或村民，年长的，抱着娃的带崽婆，出工回来的后生伢子……讲起蒿山，他就有讲不完的话。他操着浓郁的乡音讲述，许多人，许多事，虽是陈年旧事，却依然鲜活难忘。

“古籍善本《浏阳县志》里清晰记载了许宗谟写下的《蒿山记》。‘蒿山，在浏阳北乡，山大且高，像屏障一样。山巍峨耸立，环山数十里都是小山，星罗棋布，四角拱向……’东门许是受了这地貌的影响，民间传奇故事特别多，大大小小算起来有三十多个。”

罗爹早已忘了他手里夹着半截没抽完的烟，过一阵子，才想起似的叭了一口，讲故事似乎是他与生俱来的生命基因，他仿佛穿越历史长河，再次回到东门村热闹非凡的那段时光。

蒿山是东门的一个地标，海拔高度 200 米左右，四季苍翠，清幽别致，四周一马平川、良田万顷，是镇西南唯一的高地。

良好的自然、地理、文化环境无疑是一笔巨大财富，自古就讲究“天时、地利、人和”。

“山不在高，有仙则灵。”每年的农历八月十三是三国吴王孙权诞辰的祭日，每到此时，蒿山的吴王庙人流如织、香火辉煌。据说吴王庙是唐朝宰相魏徵奏修的，山脚下的蒿山泉水甘甜冰凉。

相传当年吴王孙权视察楚地，驻马登高蒿山，下山时看到很多人挖土舔食，而许多田地却被抛荒闲置，大为不解。后来经过打听，才知道是因为税赋过重，农民不愿种田，只好明知不可为而为地取土充饥。了解到这一实情，吴王很震惊。于是，当即吩咐随行官员设置农管，屯田免税，让百姓休养生息，并立碑于蒿山。

“关于蒿山的故事，还有一个样板。”罗爹毫不掩饰他的满足感。

他呵呵一笑，仰望着眼前的蒿山，树木、岩石、峰峦大口大口地呼吸，历史在这里流淌。

别说两个故事版本，还有更多的都会愿意听。

相传三国时期，吴国孙权战败长沙，退兵驻扎蒿山脚下，遭蜀国大将关羽围剿一月有余，吴国将士面临崩溃。一天黄昏，孙权在一棵大树底下默默祈求，如果能在此渡过难关，便免收当地税赋。晚上，孙权梦见一个白发白须的老头儿走进洞来对他说：“这满山满岭都是蒿子，既可当粮食充饥，也可治病，往南三里的地方有一神井，将士们喝上井中泉水，可使士气大振，心旷神怡，渡过此难关没有问题。”孙权醒来，走出洞门，只见满山满岭是青绿绿的蒿子，他马上叫伙夫采摘蒿子煮给将士充饥，并派兵到三里外的神井取来清泉。将士们喝了神井之水果然士气大振，最终杀出了重围。之后，孙权下令免收蒿山周边地方税赋，得到百姓拥戴。孙权死后，当地老百姓为了纪念他，在蒿山建了一座吴王庙，这是全国唯一一座纪念孙权的庙宇。那口神井也至今不断流出清澈的泉水，长流不息。

如果以为故事止于此，那么就错了。蒿山有多高，故事就有多长。

一场蒿山暴动为东门注入了红色人文内涵。

1927 年 10 月，蒋介石等国民党反动派大肆屠杀共产党人，南昌起义、秋收起义相继失败，革命处于极度低潮时，由夏明翰、潘心元等组织的地方性武装起义点燃了浏阳人民的革命之火……

当蒿山的历史价值被挖掘出来时，人们津津乐道最多的是它与东门难解难分的关系。当年，无论是吴王，还是后来的革命人士，抑或现在的村支委，都有一个共同的梦想，都在讲述着一个共同的故事：为了百姓过上好日子。

一个个故事像一抹抹灿烂的光，照亮了平凡如常的乡村。罗爹指着远处的绿茵足球场说："村支两委依托古蒿山的自然资源与历史文化打造了蒿山森林体育文化园，这可是全省唯一一个村委会集体所有的森林体育文化园。"他说着说着，菊瓣似的笑容漾满了脸，手势越来越多，最后甩出一句话："体味自然之美，感受体育之趣，就来东门！"

此话一出，听众哈哈大笑，感叹罗爹现场打广告能力的强大。

在有故事的蒿山诱惑下，我登上山顶，眼前倏地出现一幅画卷，让人猝不及防。山峰平原尽收眼底，极目远眺，西望岳麓山，潭州；东边隐约看到双奶山，平江；北边有神岭，界碑像蚊帐一样围着；南靠石洞，蕉溪横行排列如同屏风。山中竹子茂盛，山外翠竹耸立。

蒿山作为东门最忠实的见证者，一直都在接力着梦想的故事。

三、生活更美好

在走访东门时，我听到最多的一句话就是村民说："咱东门有了自己的学院。"有点震惊，有点不敢相信吧。可"乡村振兴人才培训学院"就设在东门村，2020 年已挂牌成立。

于是我怀着期许、向往、憧憬的心情，在村副书记喻红梅的陪同下来到了培训学院。这是一栋四层大楼，四周青山环绕，溪流潺潺，绿树森森，环顾四周，不得不佩服张建辉和众多党员的眼光。

说它是学院有些夸张，可这栋楼的经历着实丰富。2013 年年初，张建辉带着全体村民党员众筹 300 万元建起大楼，在当时，此举措很大胆。不久后，村上招商引资 57℃湘·好食尚餐饮公司，公司将大楼用于游客接待中心。三年后，虽说由于种种原因，公司撤离东门村，但无疑为美丽乡村建设加了一把劲，为乡村共同富裕添了一把火。

红梅说，这座乡村振兴人才培训学院是一次大胆的尝试，与综合性的农业投资开发和乡村振兴服务公司——湖南信合湘成生态农业有限公司签署全面战略合作协议，开启村企联建新模式，打造乡村振兴全国性示范村和创新村。

同时依托农业农村部、中国社会科学院、中共中央政策研究室、中央党校、中国农业大学、中国县镇经济交流促进会等国家机构及智库专家资源，以东门村为培训落地点，培养乡村振兴人才、乡村致富带头人和高素质农民，实现职业教育与产业融合式发展的模式，在人才培养、应用研究、社会服务和文化建设等方面发挥优势与特色。

跨度有多大，信心就有多大。

积淀丰厚文化潜质的东门在乡村振兴的第一波浪潮中便惊世骇俗。

这里不得不提浏阳北乡的文化。东门村所在的沙市镇位于浏阳以北，俗称“北乡”，浏阳在传统上分为东、南、西、北四乡。浏阳有俗语称：“东乡出蛮汉，西乡出小旦，北乡出书担，南乡出煤炭。”相对浏阳其他地方来说，北乡人多地少，自然资源不丰富，如果想过上好日子，只有发奋读书，位居浏阳四大书院之首的文光书院正在北乡，更使得这里的文风昌盛，涌现出不少人才，如焦达峰、寻淮洲、王震、彭珮云等。文光书院始建于 1893 年，由清末举人彭子铨联合当地三十四名士绅筹建，竣工之日，当时的湖南巡抚吴大澂和湖北巡抚谭继洵（谭嗣同之父）分别送来了“正谊明道”和“镕范文林”的题词。

如果说，“尚教好学”的历史文化是今天东门村打造乡村振兴的自信，那么，它的自信无疑从清末创建文光书院就开始了。而这一切赋予了东门乡村振兴人才培训基地无可厚非的文化和历史内涵。

如果说，一个地方的乡村振兴有捷径可走，那么，这条捷径一定是借

张建辉在东门村乡村振兴学院为中组部、农业农村部、乡村振兴实用人才培训

力。而成功的借力源于乡村干部的人格魅力。

当找到湘成生态农业有限公司负责人，与其聊到乡村振兴培训学院时，他是这样评价东门的村干部的："他们是高举着理想信念走着的一群人。在当初国家并没有给他们很丰厚待遇的日子里，他们靠着自我奋斗在不断改变。他们并非身怀绝技，甚至言行会让人觉得有那么一点老土，可他们为了故乡这片土地愿意付出所有，倾尽自己的所能。他们念念不忘故乡发展，有时听他们谋划未来时，会让人觉得他们似乎就是一位战略思维家，可称之为故乡的良心。"

"故乡的良心"，这句话在我心里翻腾着，如同潮水一般，不断地冲击着我的心灵。一路上，我想了许多，等回到村委会时已是傍晚。

此时，村委会的院子安静下来，山风一吹，天黑下来了。但办公室还亮着灯，很温暖。

在中国这块乡村大版图上，乡干部基本上是土生土长的家乡人。有学者说："爱家才能爱乡，爱乡才能爱国。"19 世纪英国著名诗人柯尔律治也说过："爱家的人才能爱国"，可见中外诸士对家乡在个人心目中地位的认识是一致的。在自然界中，树高千尺，叶落归根，落叶终究会回归到根的脚下，人大抵也是如此。在每个人的心底，家乡就是在夜阑人静时最能拨动内心那把柔软的弓弦，也是给回忆的人带来无穷欢乐的源泉。

“人情怀旧乡，客鸟思故林。”我懂得了东门村干部创建学院的初心。这份对家乡的挚爱是乡情的凝聚与升华。

拿起摆放在村办公桌上的“浏阳东门乡村振兴学院——课程开发与师资资源”，从学院简介、办学宗旨到培训对象、目标要求，从师资资源到课程内容……做得可谓全面、精细、科学。

红梅一直在办公室等着我，她向我讲述了学院从筹备之初就得到了省市、浏阳市相关职能部门的全力支持。它是在湖南省农业农村厅的高度重视下成立的，由市民政局审批同意，农业农村局、浏阳市人力资源和社会保障局为业务主管单位的民非机构。目前，沙市镇党委、政府对学院和培训基地的各项建设进行全面领导，给予各方面政策支持。同时湖南省教育厅、湖南省文化和旅游厅等相关部门对基地如何实施“乡村工匠”培训工程，如何组织开展多层次技能培训，注重培养传统手工艺人、非遗传承人，加强乡村旅游、中小学研学教育和农耕文化实践进行了全面科学的指导，并将加大对浏阳市东门乡村振兴学院和培训基地的资源注入和政策支持。

我在心里暗暗点赞，有了各部门的大力支持，有了科学与美好的设计，何愁乡村不振兴嘛。

怪不得村民们讲：“乡村振兴，让我们的生活更美好！”

我接到了张建辉的电话，电话那头传来了他洪亮而又自信的声音：“中组部、农业农村部农村实用人才带头人和到村任职选调生示范培训班即将在东门的乡村振兴学院开班。”

我想起村委墙上“神奇蒿山，幸福东门”几个字。一个寻得见源头的地方一定会孕育不平凡。

竹联村的度过

一、诗画中州

竹联村就像费孝通先生笔下的“江村”一样，充满着隐喻色彩。

费先生于1986年在《江村五十年》中写道：“冬天已经结束，春天降临人间，整个中国人民正在向繁荣富强的目标前进，而江村只不过是千万个农村中的一个样本。”

听说我们要来，住在官渡镇的朋友一大早就在竹联村的入口等待。见面简单地寒暄后，他带我们来到了村部，村干事李霞正在等着我们。

一时间，我很不好意思，要知道，这可是五一小长假。我只能忙不迭地说着“谢谢!”

李霞似乎猜到了我的心思，笑容可掬地说道：“没事，今天我值班。”这是一位善解人意的女孩。

浏阳东区官渡被誉为“浏阳的小江南”。竹联村位于此镇内，镇内藏山水，钟灵毓秀，温柔好似梦乡。竹联村在打造国家级田园综合体时，有一句底气十足的宣传语：诗画中州。

然而，在这近 10.8 平方公里的土地上，3286 名居民曾一度囿于落后、贫困、脏乱差中。竹联村是如何度过的？

这不得不从坚持大力推行环境保护，把生态乡村建设作为解决农村环境问题、改善生态环境质量、补齐环保短板的重要抓手说起。

第一场革命就是“厕所革命”。

2017 年 11 月，习近平总书记再次就“厕所革命”做出重要批示，厕所问题不是小事情，是城乡文明建设的重要方面，不但景区、城市要抓，农村也要抓，要把这项工作作为乡村振兴战略的一项具体工作来推进，努力补齐这块影响群众生活品质的短板。

有历史学家认为，人类文明并非从发明文字开始的，而是从第一个厕所建立开始的。最早的厕所出现在五千年前西安半坡村氏族部落的遗址，当时的厕所只是一个设于房舍外的土坑，用茅草遮蔽。

到了两千多年前的春秋战国时代，左丘明在他的编年体史书《春秋左氏传》中记载：“六月丙午，晋侯欲麦……将食，张，如厕，陷而卒。”说的是六月六日，晋侯想尝尝用新收割的麦子做的面食，要吃时，感到腹胀，便上厕所，结果掉进茅坑淹死了。

看来，旱厕是我们几千年来一贯的结构型制。

一口缸、两块砖、四面墙，臭气熏天、蚊蝇乱飞……这是多年来农村厕所给人的印象。而今天，仍有一半人生活在广大的乡村。在总书记眼里，改厕这件“小事”关系着大民生。实施乡村振兴、建设美丽乡村、实现全面小康的战略目标，必须先给广大农村群众的如厕来一场彻底的革命。

李霞告诉我：“其实早在 2013 年，村上就开始进行农户厕所三格式化粪池改造。在 2019 年 11 月已实现了全村旱厕清零。”

“污物排到室外哪里去了呢？”我问。

她说：“我们村启动农村生活污水治理新模式，率先推行‘三级沉淀+人工湿地’农村生活污水处理模式，在人口相对密集的小区建成三处人工湿地生活污水集中处理系统，每处日处理量可达 30 立方米，末端出水达到农业灌溉标准，切实保障居民生活污水处理需求。同时完成主干排灌标准化建设，加强对小微水体的治理与管护，将治水与美村相结合，对小微水体岸线进行了绿化、美化，做到渠成线、塘成景，把小微水体打造成一道弘扬传统文化的生态美景，配套乡村旅游。三年前已纳入长沙市小微水体治理示范片。接下来实施垃圾分类……”

聊到此，我俩相视而笑，意识到人的“拉撒”日常正在被我们两个女子乐此不疲地谈论着。话题还在继续。

在村上成立了“垃圾银行”，将可回收垃圾兑换成日用品，将每周五定为兑换日。这个“银行”里，啤酒瓶、废纸、铁器等可回垃圾分类摆放得整整齐齐，有毒有害的农药瓶、油漆桶则放置在专门设立的垃圾桶内。这大大吸引了村民的兴趣，垃圾分类逐渐成为常态。

“我们村推行环境保护的做法得到了镇、市政府的表扬。很多乡镇都来参观呢。”李霞的语气和神情充满了自豪。

得偿所愿，守护微小日常，亦是幸福。

毋庸置疑，强化生态环境保护、助力乡村振兴之路，在这里走得坚实，扎下根了。

“走，我们到村里去看看吧。”李霞说完，开车带着我们去往村里。

说到“诗画中州”，就不得不提到中州屋场。

2014 年，支部规划，将中州建设成为村民休闲娱乐、运动健身的幸福屋场，以凸显学、孝、德、善传统美德为核心，创建绿色家园。计划确立后，资金如何解决？这让村支书吴敬芳陷入了思索。

吴敬芳牵住党建这个“牛鼻子”，支村两委带领党员通过多种形式开会交流，大会、小会开了几十个。人性化的蓝图自然得到村民的支持，服民心，顺民意，终将会改变一个村庄的未来。大家主动自筹资金、在建设中积极投工投劳，用了三年时间，以最节俭的方式因地制宜打造了一个开放共享、互动交融、功能齐全的高标准幸福屋场——“中州屋场”，迈出了美丽乡村建设步伐。

撸起袖子加油干，你帮我扶树风范，在这里得到最好诠释！

干净整洁的柏油马路、绿得发亮的草皮、扑鼻而来的花草……

中州不仅有如同诗画一般的自然风光，更有人文的情怀和精神。

孔石泉将军生平事迹陈列馆里：“军威号令，铸得长城祖国安；将在关山，拼洒热血人民颂”。让这个村的后代有更多的优良基因传承。

村民钟柏奇无偿提供房屋用作开国将军孔石泉生平事迹陈列室；

钟美光无偿提供房屋用于垃圾环保屋；

石桥、松江组无偿供地5000平方米用作文化孝亲广场建设；

村民自觉积极捐资近21.86万元用于油砂路面的铺设和排水、排污涵管道修复等公共区建设；

村民自筹资金96万元用于自己房前屋后空地、荒地的硬化、围栏、绿化及标准菜地建设；

…………

诸如此类的故事还有很多很多。

乡土情怀，乡风文明，在这里得到最好的彰显！

不得不说，创新乡村治理、完善基础设施、美化村容村貌给了群众寄托和希望。

很快，竹联村又启动了发展集体经济、培育支柱产业的按钮。

“好风凭借力，送我上青云。”竹联村乡村振兴最重要的东风就是借力政策和项目，演绎“田园生活”的精彩。2017年，财政部确定湖南为田园综合体建设和农村综合性改革“两项试点”省份之一，其中浏阳市启动田园综合体建设国家级试点，“诗画中州”被列入其中。同年7月，试点项

蔬菜公园

目成功获得财政部同意批复后加速落地。

而后竹联村的步伐越来越快，营造了粉墙黛瓦、小桥流水、江南水乡的新布局，打造以发展农业产业为基础、以生态休闲为链接、效益共享机制的新时代田园乡村生活示范区。这不仅成为“诗画中州”全域旅游的重要组成部分，更成为打造湖南田园综合体建设和农村综合性改革试点的坚实一环。

乡村振兴，人、地、钱最重要。村党支部将结合本村生态资源实际，将产业进行优化布局、划分功能区，引导撬动社会资本投入农业产业发展中来。竹联村先后成立了诗画中州农业开发有限公司、官渡镇竹联村经济合作组织、桥坳土地合作社、蔗棚水果种植合作社等多个农业经营主体。

竹联村不断发展现代农业，农业产业初具规模，产业特色逐渐凸显，走出了一条新时代“农业+”的现代产业发展之路。

竹联村积极推动农业产业结构调整，实现三产融合，因地制宜，规划建成了五大园区；以及农业生产、蔬果采摘、农耕文化、农事体验、客家

时光里民宿区

特色餐饮、休闲垂钓、户外运动拓展及北欧风情小镇住宿等综合性的田螺小镇；以种花、养花、赏花、采摘为主题特色的田螺农园；以观光、采摘为目的的近 500 亩蔬菜公园和水果公园；以文化感悟、农事体验、生活休闲、研学交流等为主题的浏阳时光里民宿园。

五大园区以现代农业发展为支点，立足乡情，各具特色，打造乡村文化旅游品牌，极大地满足了新时代游客追忆乡愁乡情的美好生活需求，加快实现“农村有景可看，农民有活可干、农业有钱可赚”的发展愿景。

原来，“党支部领办村集体合作社”是乡村振兴的关键一招，让沉睡的资源插上了翅膀。

“授人以鱼，不如授人以渔。”老百姓最关心的就是受益问题，只有让他们成为土地真正的主人，才实现了真正意义上的“资源变资产、资金变股金、农民变股东”。

现在流转土地 2200 亩，老百姓以每亩 728 元收益将土地统一流转给合

农耕文化展览馆

作社发展集体经济，有效实现了一、二、三产业的融合，迸发出前所未有的生机与活力。李霞说：“从 2013 年开始的 3 万元、5 万元、8 万元、20 万元逐年增长到 2020 年的 80 万元。目前村内人均可支配收入达 3.6 万元。”

我走在村头里，一墙一风景，一步一造型，文化墙、长廊、孝广场、农耕文化展览馆……有那么一瞬间，我似乎忘记了自己身在何处。

“落实中央一号文件精神，推进实施乡村振兴战略。”墙头的这几个大字将我从恍惚中拉回来。原来户户有炊烟、人人笑开颜的美丽乡村写照不是停留在梦里。

诗意总是具有难以抵抗的诱惑力。

二、一辈子只做一件事

世间的缘分很奇妙。

我从竹联村村部李霞那儿出来，已是近中午了，整个上午她都在接受我的各种提问，我实在不忍心再继续“霸占”她的时间了，于是决定独自行动。

原本计划下午看蔬菜公园，可按捺不住自己那颗“雄心勃勃”的心。其实“雄心”是竹联村的乡村图景，让我起敬，让我急于想寻找人物行动背后的精神和力量。

午后，村庄很安静，仿佛能听到菜苗在拔节生长的声音。我抱着碰碰运气的心态，徒步走到广场喷泉地，有三位阿姨正在喷泉树下聊着天。当我说明来意，问及蔬菜公园的具体情况时，其中的黄雪平阿姨轻轻一笑说：“走，上我家，我男人钟龙枧是蔬菜种植的技术员。”我被黄姨的热情所打动，觉得自己再幸运不过了。

黄姨家不远，干净，简洁，墙上挂满了全家福。李霞依偎着孩子笑容可掬地站立着，原来李霞是钟龙枧和黄姨的儿媳妇。我不禁莞尔一笑，看来我得认他们一家做亲戚，再也找不到这样凑巧的事儿了。

钟龙枧穿着一件很好看的格子衬衫，黝黑的皮肤、卷起的裤脚，以及鞋子上沾满的泥土显示出了他农民质朴的本色。

他向我递上一顶草帽说：“走吧，咱们去蔬菜种植地。”

与很多家境贫寒，而又渴望过上好日子的农民一样，钟龙枧从来没有放弃过自己停歇的脚步，且多了一份干事的“勇”。

《说文》中对“勇”的解释相当精辟：“勇，气也。”

只是地球村时代，外面的世界很精彩，有勇就甘愿埋首在耕田种地吗？

“种菜赚不了大钱，过日子容易，独立自主，不求他人。但如果有点冲劲，有点想法，日子就能过得甜蜜起来。”钟龙枧这样说道。

钟龙枧从父辈手中接过菜地已经有二十余年了。在成立蔬菜种植基地以前，菜都是自己收了后，卖到城市菜市场。价格低不说，还很辛苦，好处都被菜贩子得了。看着一棵棵新鲜的蔬菜遭到贱卖，他心里那个疼啊。

不能再这样下去了，必须想办法改变。

于是召开菜农会议，欲成立鑫联蔬菜专业种植合作社。虽然有五十六户参加，但只有八人愿意投资，当时钟龙枧带头每人出资四万元。在十多年前，作为一个地地道道的农民拿出这么多钱来投资，毫无疑问是具有风险的。可他们考虑更多的不是风险，而是想着建立合作社，带领大家一起干，干好了，乡亲们自然就跟上了。当时，没有参与投资的人也都参与了投劳。

蔬菜基地采取以露地蔬菜与设施蔬菜相结合的方式，集种植、示范、销售于一体，整个运作都是钟龙枧他们八人，每个人都有具体的分工，钟龙枧自然是合作社的技术员。

为了种植更优质的菜品，他作为新型职业农民，前往省农业大学学技术。回来后，有一段时间，他泡在基地里钻研种子、组培技术，培养快速繁殖的技术。那一年，晚上钟龙枧都睡在蔬菜棚里。“我每天都会拿着卷尺，测量瓜苗又长了多少。”蔬菜的生产量翻了倍，从最初的一亩地产出3000公斤到现在的4500公斤，蔬菜除销往浏阳外，还销到了长沙、南昌。村民们送他一个外号——“蔬菜王”。

后来，中州屋场建好后，村上决定建两个园：蔬菜园和水果园。蔬菜园就以蔬菜基地为原型，以推动产业发展，带动群众增收致富，借菜转型，借菜脱贫，实现与乡村旅游的有效衔接，形成可采摘、可游玩的模式，为“诗画中州”添上了浓墨重彩的一笔。

走进田间地头，远远地就看到了“蔬菜公园”几个大红字，目光所及绿泱泱一大片，并与骑行步栈道有机串接，绘制出一幅美丽的田园景观，看到了一个孕育着希望、洋溢着幸福的乡村振兴的典型。

对于蔬菜公园，钟龙枧有着浓厚的感情：“我这一辈子只做一件事，在田地间，我才安心。咱农民不与土地打交道，那还叫农民吗。所以说，‘中国人的饭碗任何时候都要牢牢端在自己手中’。”

好家伙，这脚踏实地的干劲，不由得让我对眼前这位农民大伯感到钦佩。此时，我觉得他就像蔬菜公园执掌一物的国王，每个深谙于心的动作和经年累月的经验，让看起来普通平常的活计成为一种美学。

钟龙枧告诉我，从三年前开始，菜的销路出现了新变化，有的消费者直接来村里种植基地摘菜，有的消费者驱车来菜地摘菜，让合作社省了采收蔬菜的人工费和运输费。

菜价是否比菜市场要低些？

不但不低，还高出两三倍。假如某种菜在市场上卖是 3 元 1 斤，直接来菜地采摘价格可达 9 元 1 斤。

“为何会出现这种现象呢？”我纳闷儿问道。

“是咱们村人居环境变好后带来的。消费者来村里看到村容村貌干净整洁，房前屋后都是绿景，菜土周边的灌溉水源清澈见底，绿色种植的蔬菜十分新鲜，他们自然就愿意出高价摘菜。用他们的话说，就是享受了绿色，在卖菜的同时，也卖了环境。”钟龙枧直言。

那天，我激动了许久，别样乡村振兴！蔬菜成景观，情景也消费，体验见效益，得到了完美的彰显，既实现了农民增收，又让群众记得住乡愁。这一切是怎么做到的？

想了许久，我终于明白，不就是人居环境改善所给予的吗。最重要的是，乡村根植和践行“绿水青山就是金山银山”的理念。青山拥着绿水，朝霞连着晚霞，钟龙枧和他的农民朋友走在回家的路上，辉映着一座新村庄秀丽的背影。

三、绽放的芳华

在竹联村正澎湃着一种无法言说的激情。有这么一群从外面拼搏回来的年轻人，用具象而又丰富的特质表达自身的生命体验，有着一种自我激活自在的快乐。

在我们到竹联村采访调研时，这个如诗如画的村庄正在加快田园综合体建设，这个过程正赢得那些出走的年轻人的回归，他们陆陆续续地从外地回到村里，从事与村发展相关的行业。

一个村庄要生生不息，取决于年轻一代愿意扎根下来。

“农村发展要靠年轻人，未来的希望在年轻人身上。”看到越来越多的年轻人回来，吴敬芳心里很高兴，“他们有文化、有见识、有想法。”

于是，我走进回归家乡的年轻人当中，走进他们平凡的生活，走进他们的精神世界。

李霞是“85后”，是回村里工作的年轻人之一。谈起蔬菜公园，李霞说她和蔬菜有缘分。

学外贸英语专业的她大学毕业后就跑到大城市深圳发展，这期间，她结识了老公钟武，同样在深圳打工的家乡人。原本以为会一直待在城市，但在2014年，她改变了这一想法，选择了回家。那一年，她待产在婆家，当时浏阳正在全域推进“幸福屋场”创建，她见证了中州屋场换新颜，在扮靓美丽乡村的过程中，正逐步实现对美好生活的向往和追求。

此时，中州屋场旁边有个400多亩的现代化蔬菜公园，由村上的农民入股成立，正需要懂市场的销售人员兼会计。加上家父是种地“老把式”，且是蔬菜公园的发起人之一，负责蔬菜公园的技术指导。李霞的心蠢蠢欲动了，她在心里算了一下账，在深圳每个月挣五六千元，在家里挣的不比这个少，开销却要小多了。夫妻俩一合计，都把深圳的工作辞了。

他们的回归得到了父辈们和村上的大力支持。乡亲们经常说的一句话是：“自己的家乡自己不建谁来建？”李霞从乡亲们殷切的目光中感受到生养自己的这片红土地的深情召唤。

回来近三年，李霞从蔬菜公园的会计做到村干事，谈起村上的发展，她骄傲而又自豪，因为她不仅成长了，而且她成了建设美丽家乡的、重要的一员。

这天，我还见到了同样从深圳回来的欧松柏。

比李霞小两岁的他高中毕业后就去到深圳打工，起先在工厂流水线上当工人。打工人的日子过得很单纯，他根本就没有去想未来应该怎样，只是一门心思地想着多挣些钱，以补贴家里。

直到那年父亲患癌症去世，留下一堆债务。欧松柏第一时间回家，母亲交给他父亲留下的十来亩地，希望他能在家里创业。

回家守着这片土地吗？欧松柏还没有完全想明白，他有些失落，有些迷茫。他默默地走在田间地头，黄色的泥土开始在脚下蔓延，连接着田野的每一个角落。他看到父亲吆喝、套牛扶犁耕种的身影，手中的鞭子不时地在牛背上方虚晃着，脸上写下了满足与期待。

一连几天，他就这么在田地里走着，步伐越来越快，越来越有力量，他开始喜欢走在这片田地里，他感受到了这份脚踏实地的纯朴与亲切。

"那时候，我忽然发现守住了这片土地就守住了家，手中有粮，心里才不慌。"欧松柏回忆道。

年轻的欧松柏担起了家里顶梁的重责，农民生活正式开始了。下秧、栽种、喷药，欧松柏每天忙个不停，遇到技术难题，就向村上的前辈们请教。他卖力干着，可第一年的收成并没有达到他所预期的。他心急火燎，一筹莫展，这时母亲告诉他："种田急不得，要细心，只要是诚心对它，它是不会亏待你的。"

欧松柏听从了母亲的告诫，他沉下心来，比以前更认真了。在与土地朝夕相处的日子里，他明白，传统种粮食已经落伍了，怎样更高效种出更好的粮食才是症结所在。

他意识到机械化作业、大面积种植是农业发展的方向，于是大胆投资买来收割机。在收割自家稻谷的同时，也帮乡邻收割。这让他小赚了一笔。

紧接着，尝到甜头的他又买回了耕田机，服务四方乡邻。经过不懈努力，欧松柏流转土地 300 多亩，成为当地种粮大户，在脱贫致富奔小康的路上越走越欢。

2014 年收获稻谷将近 13.5 万公斤，加上一季油菜，还有耕田机、收割机外出耕作带来的收入，大概挣了 20 万元。欧松柏说："国家的一系列好政策让他对种粮更有信心，政府还给他发了种粮大户补贴。"

"未来的农业不再是面朝黄土背朝天，而是走向规模化、机械化。我的事业就是在家乡好好种粮，发展农业，一步一步踏实地做下去。"说完他爽朗地笑了。随后满脸喜色地指着眼前油绿的禾苗，盘算着即将得到的收获。

告别欧松柏时已是下午。初夏，阳光还是炽热的，可我依然意犹未尽。在李霞的介绍下，我见到了电商吴蕾，她是村支书吴敬芳的女儿。

20 世纪 80 年代末出生的她大学毕业后在学校当过一段时间的老师，日子过得体面又稳定。可在她的脑子里不仅有孩子们的教育，还有村里人的致富，这么多年，她看着父亲用责任与担当耕耘脚下的这片土地，在带领竹联村百姓脱贫致富奔小康的道路上，父亲跨过一个又一个障碍，实现了一个又一个目标，以实际行动改变了家乡面貌。

吴蕾被父亲的精神力量所支配。

2015 年，她带着一腔热血回到村里开了一家电商服务站，干起了电商行业。她想过回家的理由，很简单，就是和父亲一样，只要能为乡里乡亲服务，看到他们真诚的笑脸，就觉得开心。

她依托"浏通天下"平台，把村里纯天然的东西卖到城里，帮助村民将家乡特产从网络渠道推销出去，解决"销路难"的根本问题，同时为村民提供农资销售、金融保险、便民缴费等服务。

走进她的办公室，桌上堆满了各地的订单。她的手机不时响起，是订单又来了。一村民告诉她，家里自制了火焙鱼和干笋子，想要她过去看看，希望能放到微店里卖。吴蕾微笑回应说稍后就过去。

我笑称："既是卖家，又是客服。"听着她的故事，我竟有些蠢蠢欲动，想开个网店试试。

吴蕾告诉我："这些年电商确实发展很快，但也存在着风险。随着农产品市场价格波动和其他因素的影响，销量和效益也并不稳定，偶尔也会亏损。"

"是否会放弃呢?"我问。

吴蕾摆着手，坚定说道："不会!"眉宇间透露出深深的自信。而对创业的艰难、市场竞争的残酷，她只字未提。

她常常会想，该怎样拓展乡村的知名度?该怎样扩大销售市场和销售品牌?该怎样让更多年轻人参与到农村电商中来?可以肯定的是，随着乡村旅游的发展，乡村旅游和电商一定会得到更好的融合发展，乡村将是现代人情怀和梦想的归属地。

时光屋场的水果公园里，桃子、李子、梨子还有几个月就成熟了，吴蕾又要忙上好一阵。

看着喜气洋洋、充满活力的竹联村，我心里想着乡村振兴需要谁，又当依靠谁?毫无疑问，离不开那些长期扎根农村的干部群众，也更需要有理想、有知识、有专业技能的年轻人一起努力。他们从城市返回乡村，替自己寻找出路，也为家乡找到了新的发展道路，当他们遇上"乡村振兴"，奋勇向前才是他们该有的模样。

在浏阳乡村大地上还有许许多多和他们一样的年轻人，把希望种进乡村，用汗水浇灌未来，脚踏实地，不负青春，绽放芳华。

有一张白纸叫“田溪”

阵阵夏日凉风中，游人穿梭于风景区，或三五成群拍照，或席地座谈，或在游戏项目中寻求刺激，一张张照片频频“霸屏”朋友圈。

你想问我这是哪里？让我来告诉你，这儿是浏阳张坊镇西溪风景区。

西溪——此西溪非彼西溪，在生态环境保护方面与杭州西溪国家湿地公园有着异曲同工之妙。2008 年并村后，村名曰“田溪”。

原西溪片区有人口 908 人，现有居民 242 户，其中建档立卡贫困户 44 户，贫困人口 162 人。“手持犁耙糊口，肩扛竹木养家”是当时的真实写照，年轻人大多选择外出务工。

2014 年，田溪村被列为省定贫困村。

李纪煌是在 2017 年村班子换届，从支委当选为村支书的。从那一年起，他的眉头锁得越来越紧了，村民的疾苦、村民的呼声、村民的渴望正在向这位村带头人的心头汇聚。

长久以来，带领乡亲们一起改变贫穷落后面貌，找准一条适合田溪发展的特色之路是李纪煌的一个梦想。他要尽最大努力改变自己生活的村庄，带领全体村民一同走上富裕之路，过上美好的幸福生活。

田溪村向何处去？

美丽西溪

一、一张白纸画最美的图画

那是个天蓝得发亮的日子，民革长沙市委会携手民革浏阳市工委与浏阳市张坊镇田溪村举行乡村振兴结对共建活动。

田溪村在以她独有的方式召唤着我，我们。

“一张白纸，没有负担，好写最新最美的文字，好画最新最美的图画。”不得不说，毛主席老人家这句话真是颠扑不破的真理，在田溪村得到了完美的印证。

都说幸福生活是拼出来的，不过我认为，田溪村人的幸福生活有一半是大自然恩赐的，另一半是田溪人辛勤劳动换来的。

田溪村群山环绕，沟壑纵横，拥有2000亩的红豆杉原始植株群和典型的第四纪冰川地质遗迹。那些造型各显奇特的石滩、幽深的峡谷的存在，让人在心绪为之震撼之余，不由自主地想到在世界旅游态势强劲发展的今天，这两百多年来变化留存下来的原生地质遗迹是何等珍贵的不可再生的游览观赏资源啊。

这一石一烁、一山一水有着别样的情趣，呈现出大美自然状态，精致而婉约地绘成了一幅山水画卷。田溪村就这样守着山清水秀下的贫穷，过着平凡日子。

2015 年全国两会期间，习近平总书记指出："环境就是民生，青山就是美丽，蓝天也是幸福。要像保护眼睛一样保生态环境，像对待生命一样对待生态环境。对破坏生态环境的行为，不能手软，不能下不为例。"

同年，精准扶贫全面实施，张坊镇党委政府提出"生态立镇，旅游强镇"的总体战略。

当时李纪煌敏锐地意识到发展的机遇来了，他利用田溪特有的濒临两栖动物棘胸蛙，在 6 月 5 日世界环境日的那天，策划组织了"湖南省首届棘胸蛙增殖放流公益活动"。活动举办非常成功，田溪村闯入人们的视野。

接下来，李纪煌号召村民养殖棘胸蛙，当时此蛙被称为"百蛙之王"，蛋白质高，营养丰富，是难得的珍稀佳肴，市场价格高，前景乐观。在他的引领下，有 180 多户参与了养殖，而获得启动的第一笔资金就是他们筹资而来。

李纪煌投石问路成功。这让他的思路大开，信心爆棚。

古希腊神话里有一个特别的理念，叫作命运，上至诸神，下到众生，无不在它的覆盖之下，它高于一切，主宰一切，一切在它面前都难以逃遁，无从规避。后来这种理念有了一个更为具象的名词——宿命。

作为一名土生土长的西溪人，凭着对西溪老村熟悉的资源环境的了解，他强烈地感受到了这个村庄具有独特的自然和人文资源优势。后来，田溪村走出了乡村旅游的示范样板时，那个被我们习惯称之为宿命的东西

客家第一蒸

踞立其上。

也就是在这一年，外出打工的罗玉来回家了。十年前，他是西溪村的一名村干部，在并村的那一年举家去了广东，在一家服装厂工作，担任会计。看到村党支部在为改变家乡而做出努力时，一个想法顽强地在他心里生长出来，自己外出打工的生活好过了，可田溪是自己的家乡，况且自己曾经也是一名村干部。当同组的贫困户罗铿问起他，有没有好的方法帮助脱贫致富时，他觉得自己应该回来，和李纪煌他们一道为广大村民办些实事、好事，这样，自己才算没有白活，人生才更有意义。

也就是在那一晚，李纪煌叫来古南初、罗玉来、罗观生等老村干部、党员们一起开会商量，初步形成了以“乡村旅游+精准扶贫”带动其他产业共同发展的路径。

思想统一后，他们又集中研究了三个问题：规划怎样设计？土地怎样运作？资金怎样筹措？

田溪村的难处在于两手空空，一穷二白，眼前几乎是一张白纸；田溪村的希望也在于它是一张白纸，好画最新最美的图画！

之后的日子，李纪煌他们开始四处自费考察学习，经过反复讨论思考，决定先发起成立西溪旅游发展有限公司，打造西溪磐石大峡谷风景区，走“村民众筹入股，资源共享，风险共担，效益共享”的发展道路。是啊，致富路上就要大家绑在一起干，一路同行，一个都不掉队！

善弈者谋势，不善弈者谋子。

旅游公司的法人由李纪煌担任。

好事总是多磨。

第一次村民代表大会就遭到质疑。

“投资有风险，这是摸着石头过河，不靠谱儿！”

“我把资金投进去了，建好了会有人来吗？”

“多久才能回本呀？”

面对这连发三问，李纪煌他们没有放弃。

“我们党员干部做担保，赚了大伙儿分红，赔了我们担风险！”其实李纪煌与村民一样，不知前路是否为坦途，但他知道如果什么都不做，田溪村就永远没有发展。

党员会议、村民代表大会、村民大会，无数次，大大小小的会议，李纪煌每天拿着 500 毫升的水杯往返于会场间，昼夜组织召开会议，声音嘶哑到需要口含西瓜霜片才能舒缓片刻。每次会议都在探讨村集体和村民按股权分配比例的问题，鼓励村民以现金、土地山林流转租金入股，按每股 1000 元、每户 2 股起参股。明确将众筹资金作为今后发展的旅游的股金，公司经营产生效益后，提留利润 15%作为自然资源股，村民均享受分红；10%作为村集体收入；5%作为乡风文明、环境保护、扶困济贫等方面的奖扶基金；15%作为公司发展基金；55%按众筹股金分配，形成“西溪众筹模式”，让村民从以往的乡村建设旁观者变成抱团主动参与者。

2015 年 9 月 26 日，村民入股动员大会的会议是个重大的转折。李纪煌主持会议，罗玉来做了简要而生动的介绍，会场气氛热烈。虽然还有少数人隐隐有些担忧，可很快就被村干部、党员带头入股的情景所感染。

面对一个美好的未来，田溪村村干部从来都不回避自身的使命和担当，他们都明白路真的需要自己去探索，他们不讲宿命，只知道这是已被他们深刻体认的担当认识和角色认识。

过活卒子从来都是一往无前的。

李纪煌认为对于发展乡村旅游，还需要组建一个领导小组团队，这样才能长久良性地发展下去。于是，在会上，李纪煌提出领导小组的成员要具备三个条件：一是要有梦想；二是有奉献精神；三是有经济基础。

他讲到这些时，站起身来，往茶杯里换了点茶叶，续上开水，茶香缓缓漾起，在袅绕清淡的茶香中，往事汹涌而来。

“当时，有些人对我提出的这三点不以为然，好在坚持了。你想存私心，打小算盘怎么行。入股来的钱都是村民的钱，是不可以随意拿来发工资，发补助的，若真是那样，那不就是‘叫花子往自己胯里爬’。至于条件不好的不能来，我想‘没有长柴，烧不了夜火呀’！老话讲得总是有道理的。从 2015 年的启动到 2018 年的开业，三年内，领导小组成员没有拿过一分钱的工资和补助。”

就这样，团队最终选取 11 个人，成员以离退休干部、老共产党员组成。

短短几年时间，田溪村共计众筹资金 1168 万元，引进社会资本 850 万元，全部用于景区建设，建成主打游玩项目 10 余个。从 2018 年 7 月 22 日开业至今已接待游客 30 多万人次，带动村民创收 3800 余万元，村民通过参与旅游公司经营管理、小水果种植、国家重点野生保护动物棘胸蛙养殖、黑山羊养殖、土特产品销售、民宿、餐饮经营等，人均年收入从 2015 年的 4700 元增长至 11000 元，人均年收入增加 5000 余元。

在这种深度的讲述中，李纪煌的热情逐渐被点燃起来了。不知不觉中，我们的访谈已经进行了整整三个小时，下午四点多，窗外的阳光依旧很好，李纪煌正归纳总结着“西溪乡村旅游”的六个一：选择一条道路、组建一个团队、搭建一个平台、制定一个模式、做好一个规划、达到一个目的。

说完，他豪迈地笑了，而我却不合时宜地问了一个“尖锐”的问题：“村支书允许经商吗？”

对于这个问题，李纪煌沉吟了片刻说：“问得好！当时时任张坊镇的党委刘书记就提出来我不能脚踩两只船。于是我们召开股东代表大会，大家都认为没问题，我先是公司的法人，后才当选的书记。记得，在会上还有两位退休干部举了华西村的例子。但为了慎重起见，我又咨询了相关部门，称国家明确规定公务员不能从事经商活动，而目前村干部是游离于国家行政干部体制之外的。”

这时，有人敲门进来，原来是村副书记罗玉来了。他刚忙完手头的事，准备领着我去村里头转转。

与李纪煌告别后，在村上走访时，听到最多的一句话就是：“咱田溪村有一位好书记呀！”

一位中年妇女指着跑得正欢的观光电瓶车介绍说：“瞧见那车没有，刚开始四辆车没人想要，后来旅游发展起来，又要添置，9 辆车 48 个人报名，怎么办？公司决定抓阄，当时李书记的孩子也报名了，可没抓中，有人建议书记帮崽伢子一下，可他硬是没有帮。”妇人倒是快言快语。

随后，罗玉来带我们来到一家农家小院。

用“方宅十余亩，草屋八九间。榆柳荫后檐，桃李罗堂前”来形容这间小院再合适不过。

罗玉来指着一间干净、清幽的房屋说：“当年就是在这儿决定了发展乡村旅游的路子。”当然，所有探索都是要付出比常人多好几倍的努力。

他告诉我们，对于他选择回乡创业，起初妻子是反对的，她对发展乡村旅游没有信心，说："一家人在外务工好好的，干吗要回去?"

为了让妻子少些抱怨，少些负担，罗玉来带着9岁的儿子先回到了田溪，过起了既当爹又当妈的日子。经常晚上开会，孩子没人照看，开会时他只好带上儿子，牵着他的小手，走过漆黑的乡村小道，来到充满激情的会场。会议经常开到很晚，儿子总是不知不觉就趴在罗玉来的腿上睡着了。还有很多次，等儿子熟睡后，罗玉来把他锁在家里，然后自己再出来开会。

记得2015年，罗玉来和罗观生为了丰富乡村旅游项目，建立了小水果采摘基地，带头注册成立"浏阳市西坑种养专业合作社"。有一天栽种果苗，为了赶时间栽完，加班栽到很晚，儿子拿来手电筒打着亮，帮着他一起栽种。

说起这些，罗玉来哽咽起来，流下了眼泪。

不能不为田溪村这班带头人奋进、拼搏的精神点赞。田溪人民守着这片得天独厚的自然资源、生态优势、人文资源，走出了一条"众筹入股、乡村共富"发展新路。

如今，古老的村落变成一个秀美宁静的旅游小镇，小桥流水，绿树繁花，中心广场摆放着的那块磐石看着眼前的变化，在这里怡然安歇。

罗玉来又把我们带到他的客家黄酒制作房。在那里，我们看到房屋里四周堆放着一排排一米多高的密封陶罐。他舀出一点点黄酒来，顿时酱香扑鼻，经久不去，显然是纯酿造、有秘方的。他说："客家黄酒是老祖宗留传下来的，我准备申请非物质文化遗产，这样才能显出身份，传承必须做好的。"

走在景区，满山生机盎然的烂漫，清脆的流水声时远时近，扑面而来的微风让我们感受到在此行走的快意。

这时，对面民宿走来一位小伙子，他笑盈盈地、大声地招呼罗玉来，邀请我们去他家坐："来，喝口水！"原来他就是罗铿。

前几年他还是一位建档立卡的贫困户，现在他不仅在水果基地栽种了水果，还盖起了这栋两层楼房，开办起了民宿。

我啧啧称赞。

罗铿介绍说，当年为了让他脱贫致富，李纪煌找到他，告诉他公司整理一块水果基地，苗子都买来了，希望他能参与。罗铿的回答是，如果能解决这三点，他一定会来：一是没钱，二是没技术，三是没销路怎么办？

李纪煌当场就拍板，解决了。没钱！帮着去银行办理小额贷款；没技术！请专业技术人员过来指导，并送他去参加职业技术培训；没销路！参与"浏通天下"商标的注册，实行线上与线下销售，组建游客到基地采购。

"景区开业的那一年，我就尝到了甜头。现在家庭年收入都在10万元左右了。"罗铿喜滋滋地说。

毋庸置疑，田溪村的发展让我们看到，不断延伸拓展绿色产业链，发展乡村旅游，在带动农民脱贫致富全面小康，做大做强的同时，实现乡村振兴，被授予"第二批全国乡村旅游重点村"。

可以说，田溪的模式代表着乡村旅游发展的方向，当然未来他们还有很长的路要走，还有很多的未知等着他们去探索、去实践，但田溪村成功迈出的第一步让我们看到了希望。

田溪作为未来农村发展模式的缩影之一，犹如黎明的曙光，已经照亮东方的天空，值得期待，值得欢呼，值得为之摇旗呐喊。

二、行走在大山深处的歌

苍莽、青翠，田溪深处总是流动着一股神秘与传奇。

田溪村是一个客家村落，蕴藏着悠久的客家民俗文化。全村流行客家话，客家人热情好客，敦厚纯朴，性格豪爽，他们在这里世代耕耘，繁衍生息，形成了自己独特的客家文化。

而这些正是乡村旅游的敲门砖。它像一道彩虹，架起了乡村旅游与客家文化的桥梁。不久，田溪村建成了1360平方米的客家文化广场，三年前举办了“湘赣边客家文化旅游节”，将客家服饰、客家饮食、客家山歌、客家风俗、客家养生等客家文化体验活动全面地向来自各地的游客进行了展示。

很幸运，在我们的走访中遇到了客家山歌传承人廖能虹，谈起为什么唱客家山歌来，他笑笑，郑重地说出两个字：“喜欢！”我感觉到这两个字吐出来是那么神圣。是啊，山歌已渗进内心里，淌进血液里。

他带着我们来到了他的家中。一路上，他告诉我们，他二十岁出头就跟着前辈廖能尚学唱山歌。当年还是小伙子的他见到老一辈唱歌时，他就会尾随其后，跟着唱。凭着懂客家话、会客家话的条件，他很快就掌握了唱山歌的技巧。

这么多年来，他默默扎根在大山深处，义务培养山歌手，逐渐发展成了十多人的团队，他带领队伍参加过花炮节、大围山杜鹃节，一直都在做着客家山歌的保护和搜集。

廖能虹朴实的话语散发出一种文化的情怀。很快，他就现场来了一首。我虔诚地坐在他身旁，一脸膜拜，他唱了起来，刚才的腼腆和羞涩一扫而光。

五月初五过端阳，手中扇子送亲郎，
亲郎莫嫌手巾短，手巾更短情更长。

第一次零距离地听到这种勾人魂魄的歌声，觉得太打动人心了，原来，以前自己对文化的认知是多么肤浅，多么苍白。在场的每一个人都神情专注地望着他，生怕错过每一个瞬间。

起先廖能虹是坐着的，后来他利落地站了起来，笔挺的身板，嘴唇细薄而有力。

不得不佩服和惊叹他的歌声如此纯净、质朴。难怪，每年的西溪客家节有许多人前来一睹他的风采。

“天籁之音。”

他一连唱了好几首，都是欢快的旋律，渐渐地，似乎可以感觉到他的呼吸了。我看见一个前额饱满、双目深沉、目光炯炯、燃烧着活力的汉子行走在大山深处，沐浴着灿烂的阳光，遨游于树林之间，钻进松树林，跨过沼泽，向远处的高山眺望着，感到疲倦时，就坐在高地上凝视天空。

山歌散发着芬芳气息，让我们都沉醉了。

廖能虹说：“山歌有劳动歌、生活歌、时政歌，还有大量优美的情歌。”

我打诨道：“来一首《绣花女》吧。”

日头出来（吔）点点红，
晒示（个）美貌娇娘（哈），
在路（哟）中我郎看得过不得意，
驼我上七下八一十五里，
到鸳鸯山上歇荫凉，
到我寒舍吃茶（吔），
汤，吃了茶汤（呃）郎起身，
送给郎君一条（啊）花手巾，
一绣忘记麒麟送子，
二绣桥拱柳叶尖尖，
三绣九万九千九百九十九朵花（咧），
送给郎君扎起吊起上走河南、陕西，下走广东、广西、
城内城外、上街下街、南街北街、东街西街去做买卖（呀），

引出二十四个小娘家上摆酒（咧），下摆茶，都来看我（哟）

手巾（咧）花，买花娘子将郎问（咧），

不晓得哪处生得如此官家龙凤女，

绣出（咯）稀奇古怪牡丹花，

日落西山（哟）难舍（哟）她。

客家山歌像一壶封坛多年的陈年老酒，正被他慢慢开启来。那一瞬间，我听到了自己的心跳动的声音。

廖能虹油然一笑，为我们解读了歌词中的意思。

醉人心啊！在婚姻不自由的旧社会，男女青年能唱出这样的歌，可以说是当时的叛逆之声，真心惊心动魄。

“当时的山歌就有这么大胆，这么刚毅。”廖能虹告诉我。

我仔细打量着他。

一张幸福而知足的脸、一张洋溢着甜美的初恋情人的脸。

一团生动，一团安详，一团被无限关爱的神情。

他说：“所见皆能唱、我口唱我心之所想。”

我点着头。在廖能虹看来，这种独特的歌唱方式是那么亲切与自然。

将山歌唱给每一个人听！这是他给自己定的目标。

忽然间，他走进房间。出来时，手里拿着一本手抄本客家山歌集子，他递给我，告诉我，这本集子从前辈廖能尚传到他手里，积攒了五十多年的光阴，里面收集了几千首山歌。

我忙接过来，封皮是用挂历纸包的，上面用毛笔写下了“客家山歌集”。轻轻打开，里面的纸张已淡淡地泛起黄色，边角已翘起。集子里记录着客家山歌的各类歌曲，一页页翻着，顷刻间，历史和文化浓缩于这个本子之间了。

此时，廖能虹说到了动情之处，就像泄洪的水，停不下来了。他说：

“在革命时期，客家人的聚集地都是我们深山大岭、边远村沟。老边山区有林木茂盛的有利条件，是工农红军、游击队、赤卫队栖身的根据地。当时，工农红军利用客家山歌作为革命宣传的有力武器，它鼓舞着人民当红军，打老蒋，团结起来争取革命胜利。这时，客家歌手大显身手，编了不少革命山歌。

竹篙打水乱纷纷，穷苦后生快当兵，
打倒土豪扎红带，手拿梭镖显威风。
斧头不怕硬丝柴，红军不怕反动派，
豪绅地主威风倒，各地建立苏维埃。

当然，现在山歌仍然在发展，仍然在发挥着作用。“我再给你来一首吧。”他说。

栽树就盼树成材，养崽就盼儿女乖，
创业就盼家业旺，建设小康盼发财。

没有专业意义上的表现手法，只是生活概念的音乐表达。也许这些山歌里面包含着他们对于生活生命最本质的理解，因而现在听来，仍然保持美好的感觉。而这一切都是从当时听起来石破天惊的那一嗓子开始的。

临走了，高耸的群山、灿烂的月亮，装饰着这片村庄。我对廖能虹充满着感激和敬畏，竖起大拇指给了他一个大大的赞。

他憨笑，说：“其实也没什么，有那么几年，客家山歌没人唱了，可如今在村上的带领下，客家山歌、客家文化又回来了。我们要做的就是传唱客家山歌，让更多人知道客家山歌，了解客家文化。”

我的心为之一动。

客家山歌已经被列为长沙市级非物质文化遗产。作为一名本级的山歌传承人，廖能虹深知自己身上肩负的使命。在他看来，一首客家山歌的背后就是一个客家故事，只有在客家文化的滋润下，客家山歌才更灵动。

“田溪人民劲头高，乡村旅游项目好，人们唱着客家歌，感谢党的政策好。”廖能虹当场就创作了一首唱了起来，引来了不少游客围观。

一阵喝彩后，他喜笑颜开地告诉我：“下个月，乡村文化旅游节暨湘鄂赣首届客家文化旅游节在咱们村举办，到时候，我还会去唱。”

这让我对田溪村有了更多期待。

告别廖能虹，回望着这片田园，我对于田溪村有了许多新的感悟。

三、小乡村迎来文化旅游节

一河诗画，满城烟花。

浏阳广袤的乡村是发展乡村旅游的“聚宝盆”。

2021 年湖南省（秋季）乡村文化旅游节暨湘鄂赣首届客家文化旅游节开幕式

此刻，田溪村迎来了她的高光时刻——2021年湖南省（秋季）乡村文化旅游节暨湘鄂赣首届客家文化旅游节开幕。

在这里，来自湘鄂赣29县（市、区）的代表共同发布《湘鄂赣文旅产业区域合作浏阳宣言》，三省民歌歌手纵情放歌，浏阳蒸菜名师现场同蒸一百八十八道菜品，长桌宴、张坊客家十大碗、浏阳传统架子龙、青面狮、南乡舞狮、南乡武术、浏阳王家拳、陈氏五雷拳等组成浏阳非遗表演，体验夏布纺织、古法造纸、油纸伞绘制、木活字印刷、浏阳剪纸技艺……连续十几项活动更像是一个乡村文化旅游的狂欢节。

看着飘舞的彩带，听着醉人的山歌，很难想象田溪村曾经贫穷的模样。环境好了，特色明显了，村里的人气旺了，产业也带动起来了，全村人正在致富路上奔跑。

我们一路漫行，尽情地欣赏美景、享受美食、品味美物，我们陶醉着，高歌着，宣泄着。

如果说人生就是一个过程，那么旅游也不例外。随着人们生活水平和文化素养的提高，人们对于旅游的需求也发生了巨大变化。乡村文化与旅游相结合，成了旅游休闲的一种重要方式。

田溪村抓住了这一机遇，极大地拓展旅游业的发展空间，让我不禁感叹她已经成了社会的宠儿，投资商盯着她，旅游者偏爱她，媒体关注她。

路途遥遥，山重水复，在田溪村一路走来尽是风景。歌声在山间回荡，我下意识抬起头仰望天空，村庄在阳光里闪着五彩的光芒。

第二章 留得住乡愁

现代人的『桃花源』

小溪河里荡漾的乡愁

村原白描

现代人的“桃花源”

一、童话湾里

钟统明老人深深地看了我一眼，笑呵呵地说：“我记得你，你来过。”

五年前一个夏日的午后，我随朋友休闲而来湾里屋场。当时纯粹是掠过，即便是不经意的一瞥，一个小小的村庄、一个开着绚烂三角梅的小小院落，静谧的、温暖的、透着青草的清香、蒸腾的炊烟的气息，仿佛让我置身于安宁的童话世界。

湾里屋场安静如初。

钟老一大早就顶着草帽坐在屋场口等我们。原来，村支两委的干部正在村部进行党代表的选举，村支书罗小利安排他这位屋场的发起人过来了。清瘦的脸颊，憨厚的笑容下透着一股子真诚。想不到，过了好几年，他还能够认得我。

此次的走访是因为念念不忘的“旧情”？不仅仅是，还因为这种在多年前由村民自治的建设模式被喻为“屋场鼻祖”，被评为全国幸福屋场典型，值得探究和抒写。

沿着夏日慵懒的风吹过的印记，我们漫步屋场内。

一幢幢白底黄墙辉映着静立的宅第院落，墙面是淡黄色，墙根和墙顶是白色的，像一幅幅画框，独具匠心，有欧式的风情，有中式的典雅。庭院一个挨着一个，脉脉含情地伫立在一条条或宽或窄的路两旁，默默讲述着岁月的故事。

“咱湾里屋是捞刀河在盘古岭前拐了一道弯，先人依水而居，繁衍生息下来了。过着幸福的生活哟。”钟老自豪地说。

中国有 180 多万个村庄，每个村庄都有自己的身世档案。

屋场的一侧，墙上黑底金字刻有“湾里屋场新农村建设记”：

时逢仲秋，岁在癸巳恰值政通民惠之世、环境整治之机、新农村建设之始，贤达钟统明、于春林、于拥军等常感故里育

乡贤馆

己之恩，遂树个人垂范，共应国家倡议，复召乡邻捐资改造旧日家园。

…………

干建筑出身的钟统明在市里经营建筑生意，在一次次回家看望老母亲时，他发现虽然有部分人家庭富裕了，建起了小楼房，可村子环境依然没有得到根本的改善，虽然道路已基本硬化，但狭窄，无法会车。公共区域杂草丛生，有很多垃圾，有时还会散发出异味。到了晚上，四处漆黑，不打手电不敢出门……那天，意气风发的他站立在这条路上，感觉胸口像堵了一团湿棉花，很是憋闷，在那一瞬间，他有了一个大胆的想法。

2013 年 10 月，钟统明带头捐款 60 万元，决心要改变屋场建设的环境，拉开了“幸福屋场”建设的序幕。他叫来和他同样搞建筑的于春林、于拥军，带动村民、企业捐资 300 多万元。从此，他们三人有了新的身份——新乡贤。

中央一号文件《中共中央 国务院关于实施乡村振兴战略的意见》中明确提出要“积极发挥新乡贤作用”。乡贤代表着一方风气和文化，他们不求回报、各展所长、各尽其能、反哺家乡。弘扬乡贤文化，发挥乡贤的独特作用，对于实现乡村产业振兴、完善乡村治理都具有重要作用。

随着社会经济的发展，“乡贤”被赋予了新的定义。新乡贤作为乡村传统文化的守望者、新时代道德模范和一批具有正能量的人物。钟统明他们很认同和看重自己的这个新身份。

资金有了，劳动力怎么解决？

在他们三人的带领下，村民自己动手解决，对房前屋后进行改建和美化，遵守不挖山、不砍树、不拆除、不填水的“四不”规则。一个个意想不到的事在诞生！多功能会议厅竟是在垃圾场上建成的，免费的幸福卡拉 OK 厅竟来源于老书记的家中……

就这样，湾里人一发不可收拾，屋场的名气越来越大，当时作为典型在全市进行推介。随之而来的是政府的奖补资金，这是大伙儿没有想到的。紧接着，农家书屋、农耕文化博物馆、道德讲堂、文化墙、文娱广场……应运而生。

不怨天尤人，不满腹牢骚，挖掘整合本土的资源，终究会得到认可和赞许。

我问钟老："当年都已经在城里买了房子，可还是一门心思想要改变湾里，从来就没想过把母亲接到城里住，这样花费的成本可小多了呀。"

钟老没有直接回答我，而是给我念了一首儿歌《月光光》：

月光光，照谷场，谷场上，农人忙。
今年稻谷收成好，家家户户乐陶陶。

念完，他先笑了，皱纹在他古铜色的脸上荡漾开来。

微笑的钟老像孩子一般。我品着他的话，想起著名导演吕克·贝松曾说："童年是人类的父亲。"从这个意义上说，村庄就像是人类的父亲。人一辈子总是离不开童年的回忆，没有功利的权衡，不需要礼仪的拘谨，哭笑跃跳，皆由情生，何等自然纯真，洒脱无羁。

一脉乡愁，古今情怀，始终是这片土地的温度。也许是这淡淡的乡愁，这浓浓的童年回忆，让"童话湾里"这个项目最终落户在芦塘区。

我恍若觉得，此时一如孩童单纯的心底，再没有任何光亮之外芜杂事物的存在和干扰，那是一种旷世的安宁和享受。天空碧蓝，树木翠绿，纯净而明亮，宁静而祥和，停留片刻，用心倾听，风吹过树梢的歌唱，古树下原生态的苔藓滋滋地渗入土壤，池塘里锦鲤欢快地吟唱，还有庭院里老人的谈笑……

有一人风尘仆仆朝我们走来，是罗小利。在选举会结束后，她第一时间赶了过来。

罗小利来芦塘村任书记时间不长，只有一年多，可谈及治村理念，她有一套自己的章法。

“湾里的五自（自发组织、自我筹建、自形设计、自己建设、自觉管理）延伸到全村；启动创建‘花园+文化’的模式；生态效益要放到经济效益之前，要种草植树，要涵养水源；改善人居环境，既要有烟火气息，也要有文明味道……”罗小利站在阳光下，声音略带嘶哑地说：“我们计划连片打造五个美丽宜居村庄，通过串点成线，再连线成片，形成山美、水美、田园美村庄。”她快人快语，风风火火中透着一股干练劲。

一边自建，一边寻找项目，芦塘村乡村振兴的路子越走越宽。

2017 年中央一号文件明确提出，聚焦农业供给侧结构性改革，大力发展乡村休闲旅游产业。村委班子敏锐意识到这是一次“吸金”的机遇。

通过政府引导，随后，一系列的调研、分析、评估，一条一条研究方案，一次一次对接相关部门，终于同年七月，“童话湾里”田园综合体建设项目被国家财政部同意批复落地。围绕“留住乡土记忆，创建幸福家园”重点打造美栗谷、往日时光风情民宿、中华老种子博览园三大板块。

那一年是芦塘村精准扶贫以来的一次大手笔。

罗小利介绍完情况后，又急急忙忙赶着接待一个来自外地的考察学习团。

站在村口，青山、绿水、田园、大屋、庭院、老树、布满爬山虎的墙……多么有机的结合啊！在阳光的映照下，整个村子泛着金色的光晕，默然成一幅老照片。对于当年朋友为何要将康养项目放置湾里，我并没有细细地思考过。现在我似乎明白了。

如今，“童话湾里”成了浏阳永安一个地理符号，被喻为现代人的“桃花源”。

临走前，钟老告诉我们，下个月村上将举行首届群众文化节暨“喜迎建党百年，筑梦幸福芦塘”的文艺晚会，嘱咐我们一定要来。

“前面是野百合、野蔷薇。”如同童话湾里鲜丽、灿烂的花。

二、老种子博物馆

时光并非冰凉，她是有爱、有温度的。进入风景画卷般的芦塘村，时光便像一条条轻拂的垂柳，落在老种子博物馆。

老种子博物馆就在芦塘村，我简直不敢相信。现在去乡村做民宿、酒吧、书店，这种事情蛮多的，也比较容易，可做老种子保护的还真不多见，太熟悉的东西往往容易被人忽略。可它就在此，并不是神话，而是真实的。

于是罗小利叫来了他，于建起，一个在省城工作的建筑师返乡创业当

老种子博物馆

起了种植老种子农作物的农民。

我在老种子博览园的蔬菜地里见到劳作的他。200多亩蔬菜地里种了数十种当季蔬菜，全是老种子育苗。我来时正赶上蔬菜成熟的时节，红的辣椒、绿的黄瓜、紫的茄子……像一个个调皮的孩子，在枝头上挤着闹着。那大萝卜不管是白的还是红的，缨儿都是翠绿翠绿的；大苤蓝把地皮都拱裂了；白菜挤得没缝儿，叶子向四方伸展，像是在仰天大笑。一田一田的风景，一园一园的丰收，连村子里的空气都是老种子勃发的气息。

“知道吗？就水稻而言，20世纪50年代，种子有4.6万个品种。到2014年统计结果显示只剩下1000多个了。”老种子离我们有多远？要说远似乎已经很遥远了。因为没有人像关注生命一样的关注老种子，没有人去细想，是这些老种子养育了人们。

于建起相信老种子的价值，甚至相信这是它历经的成长、延续与轮回。2015年，他回村后特意做了走访调研，发现在田多地广的浏阳，农民种植的老种子占比不到5%，即便在边远山区，自留种都被更适合现代农业集约化、规模化生产的杂交品种取代了……再不搜集，十几二十年后，老种子就真的要彻底离开我们了。他觉得老祖宗留下来的东西一定有它的道理。

说到这儿，于建起鼻子酸了，眼眶泛红。他所做的努力就是想告诉人们，现在人类太需要老种子了。

存在即合理。就这样，于建起开启了他“疯狂”搜集老种子的过程。他不仅跑了湖南上百个县、市、区，还到过湖北、新疆、贵州和云南等地，收集了800多种老种子，边远地区需徒步是常事。老种子不在人口繁华的地方，而是在最偏远的山沟里，不管风吹雨打，泥泞路滑，他翻越沟涧，渴了，喝口山泉水，饿了，啃块饼干。白天收集，晚上整理记录。

于建起第一次去了贵州省荔波县。为了搜集优质的蔬菜老品种，他跑了三十多个村庄，在这些村庄待了近一个多月。听说董蒙瑶族村寨有种植了二百多年的蔬菜种子，他马上驾车前往，但山路难行，导航仪都找不到路，他只得停车，凭感觉朝前一步步走着，走了将近 5 公里后终于到达目的地。

夜空下，繁星闪烁，晶莹又清亮。他敲开了当地一户老乡的门，说明来意后，老乡打着火把，带他连夜找到这位瑶民家。瑶民老汉被他千里迢迢寻种子而感动了，连忙为他找来了高山西红柿、茄子、辣椒等蔬菜老种子。在证实品种是否优质方面，他一点也不敢马虎，第二天一大早，他就到瑶民的菜地上摘了做着吃。“确实很好，西红柿的水分多、口感好，做西红柿炒蛋压根儿不用再放水。”至今于建起还对当时的味道记忆犹新。

当他带着好不容易找到的老种子，拖着疲惫的身子驱车往回赶，意想不到的事发生了——途中碰上了塌方。怎么办？他来不及多想，只知道装老种子的袋子是万万丢失不得的，于是他果断地向车外跳去，数秒钟之后，车侧翻在地。

说起这些，于建起仍然是一副云淡风轻的样子。看来，老种子的收集与保护已融入了他的五脏六腑，已然成了一种血液，一种只属于中国人的血液。

逐渐地，在他的引领下，村民开始调整合作社的农业产业结构，蔬菜地实施“三不”原则：不搭大棚、不打农药、不施化肥。湾里屋场配套建设了新型生活污水处理系统，将粪便、有机质垃圾进行生物发酵后转化成有机液态肥，然后浇灌到地里。

老种子蔬菜的品质有保障，除配送到长沙城区外，还有许多游客到博览园里体验采摘。去年，老种子蔬菜卖出 500 多万元，博览园申请成了长沙市中小学研学基地，成了长沙地区近郊乡村旅游的一个网红打卡点。

于建起慈爱地抓起一把种子放在手心里，轻轻地来回揉搓，他的内心开始飞翔，那握住的一粒粒梦想的种子在闪光。

“好种子才是乡亲们的‘定心丸’，农业‘芯片’要掌握在自己手里。”

对于于建起的这个观点，芦塘村的群众是表示认可和赞同的。盘古合作社流转农田 1200 余亩。参与老种子育亩的村民越来越多，队伍不断地壮大。

随后，他带我们来到老种子博物馆。博物馆伫立在一片菜田之上，天高地阔，山耸云闲。整个博物馆有 8000 多平方米，整体以白色为基调，是现代感的布局。他领着我们走进馆内，一粒粒饱满的种子排列在各种玻璃瓶、匣子里。

震撼、惊讶、欢喜，我的情绪变得越来越兴奋。

于建起疼爱地看着装在器皿的种子，兴致勃勃地讲解起它们的生长原理。四周静悄悄的，他的声音不断地产生着回声。

“现在有一种趋势，就是大量从国外进口或者由国外企业提供种子，而我国的许多老品种则被杂交、转基因等技术下的新产品所淘汰。究其原因，是这些老品种效益低、产量不高。但值得注意的是，从科学和基因的角度来说，这些老品种有着不可忽视的价值。”

墙面上用图文并茂的形式讲述了种子的生长发展过程。一粒极小的种子竟能让人感受到自然的奥妙，以及人类历史的伟大。

“目前搜集保存了 800 多种作物种子，展出的有 400 多种，其中以粮食作物和蔬菜老种子为主。”于建起边说边把我们带到一排陈列柜前，一个一个介绍。“这个叫麻谷红，是目前我们发现的唯一一种碱性米。”

对于老种子发展的前景，于建起这位农民的儿子并不满足老种子的种植和买卖，他认为搞农业，就是要有良心做绿色食品，要生产对人类身体健康有益的食品，而老种子就是新型农业开发的催化剂，他准备把它品牌化、规模化，且回归自然，回归生态。

一粒粒种子朴实地在大地里伸展，广阔的苍穹下，传递美好，传递良善，传递习俗，传递未来……

老种子博物馆，芦塘村的一颗明珠。

三、美栗谷的美丽

现如今，有很多人在网上或者微信上向往着这样的生活：等再奋斗几年，就去农村，买个农家院，养点鸡鸭鹅狗猪，种点花草，春天赏花，夏天抓萤火虫，秋天打板栗，冬天扫扫雪，没事的时候，约几个朋友“斗斗地主”，喝点小酒，吹吹牛皮，乡村生活多美好啊！

来芦塘村美栗谷吧，这里可以圆你的这个梦想。这是我来到美栗谷最直观的感受。

葱郁的土山里，栗子树看不到尽头。在村民眼里，这片三十多年历史的板栗林同脚下的黄土一样，再普通不过了。人们从来没有想过，这毛栗子也有文化与旅游的价值。

这些都在芦塘村 2017 年审批的国家级田园综合体后，发生了天翻地覆的变化。

那是一个初春，瓦蓝的天空下，一尘不染。在村部签字通过后成立了浏阳车田土地专业合作社，村主任黄立恒为法定代表，由乡贤能人带头，将全片约 2000 亩林地以“资源变资产，资产变股金，村民变股东”为理念，以“乡贤引领，能人带头，全民参与，人人有份”为原则，发行 200 万股。自下而上，自发的力量。其中全片 1352 名村民占有 25%的股份，另外 75%的股份由车田片村民自愿入股。成立湖南共享田园农业发展有限公司，对片区土地资源、农业资源实施公司化运作，打造以“板栗文化+生态农业+休闲旅游”的美栗谷。

美丽的日子已经进村来了，村民变股民，幸福的生活像花儿一样绽放。

我信步往美栗谷走去，老远就传来了人们的欢声笑语，成群的板栗树或卧立，或横斜，或端庄，或古朴，或苍翠，如伞，如盖，撑一片天空，遮一片绿荫。

美栗谷

几位阿姨正在兴致勃勃地用鞋子踩着板栗来回滚动着，怪不得浏阳本地人称板栗为“拓栗”。旁边的小篮子里已堆有黄澄澄刚剥出来的板栗。

我问阿姨：“这甜吗？”

“蛮甜的，你尝尝。”阿姨拾起几颗塞到我手里。

“你们觉得这儿环境怎么样？”

“那还用说。空气好，又有玩的，又有吃的。”

阿姨来自江西，每年都会来这儿。美栗谷出名后，来游玩的人越来越多，尤其节假日。这个我能想象得到，看看偌大的停车场早已停得满满的。

走在板栗林里，深褐色粗树皮的裂纹里刻满岁月和风雨，厚重的、深绿色的叶子在阳光下熠熠闪亮，上面写满自信和希冀。几棵板栗树伸出了枝丫，伸向了天空，青涩的果实是苍翠中的一抹红，是美好生活的一道亮丽风景。

“火车跑得快，全靠车头带。”整个田园综合体车田片区的建设很快就步入了正轨。

思路清晰，带来的必定是发展的硕果。从2017年开始，美栗谷已成功地举办了四届板栗文化旅游节。美栗谷的功能不断在扩张，以“四园”——都市田园、美丽花园、亲子乐园、老年家园为项目规划设计思路，重点打造满足老、中、幼三代不同休闲需求的美丽“五谷”：萤火虫谷——休闲农趣；欢乐谷——时尚游乐；风情谷——特色食宿；鲜花谷——山水景观；养生谷——养农养生，真正实现了集吃、住、玩、游、购于一体的田园综合体风光景点，带动了本地村民的就业增收。本片村民就近就业年均收入增加15000元，从2017年至2020年累计上缴村集体分红200余万元。

说不完的故事，道不尽的荣光。

从美栗谷下来，回到家，已是华灯初上。翻看着带回来的几本画册，我的目光落在了环境构想和项目规划这一内容上：结合现有资源，以及自然地理条件，创造自然生态意向的景观空间。

这不是设想，和谐共生的乡村生活、人与自然的融洽关系在美栗谷有迹可循，美栗谷的美丽正在阔步前行。

倏忽间，我有种立即想记录点什么的渴望，坐在电脑前，我写下一段话：拆光之后造一个完全仿古的村子来搞旅游，这种非常典型的、经常发生的事情在芦塘村是不存在的。芦塘村在一个更具历史意义的背景下，开始了一次更具时代特色的启航，正努力向着人与自然、人与社会、人与人之间的和谐与均衡，快速发展前行。

小溪河里荡漾的乡愁

浏阳河的源头有一条溪流蜿蜒跌宕，流水潺潺，由此命名为小溪河。

小溪河一路欢歌奔涌，贯穿浏阳小河乡，滋润着这片土地，浩浩荡荡，亘古奔流。在时间繁华里，小河安静地独处一隅，在日新月异的岁月更迭中，小河能长葆青春繁盛而生生不息，其原因何在？

有人说，那是因为小河的风水好。从生态学意义来看，小河位于罗霄山山脉腹地，土壤肥沃，森林覆盖率达72%，千年罗汉松、鳄鱼嘴湾等自然景观绝无仅有。

有人说，小河历史底蕴深，有王绍高、王绍坤、王绍兰等一批革命人士，是湘赣边界革命根据地，有红一方面军后方医院、红十八军组建根据地，红色遗迹俯拾皆是。

还有人说，小河越来越精彩，这与良好的生态环境有关系。由于地理原因，小河流域内年降水量丰富，水量丰沛，适合农业农产品的发展。汤秋的高山大米、吴建林的藏香猪、罗嗣文的南瓜花、印太平的红皮香蒜……小农户将柴米油盐演绎得活色生香。

更有人说，小河顺应自然，保护自然，推动乡村自然资本加快增值，实现人与自然和谐发展。

画里小河

我想，“世外原乡，画里小河”就是对其最好的注解。

一、保护原生态就是保护我们心灵的故乡

在田心村的两天里，大量的人和事冲击着我，虽短暂，却很美好，温暖着我的心。关于田心村这一名字的由来，相传在明朝年间，开国皇帝朱元璋在位时期，有一条清澈透明的小溪围绕着整个村子流入，后称之为清溪湾，田心归属此地，相传地名历史悠久，从古至今尚未更改。

张细兰，田心村村支书。我在心里称她为“细书记”，不仅仅是因为她叫细兰，还有她小巧的个子、轻柔的话语、清浅的微笑，包括她干事，一切都是那么“润物细无声”。

她曾做过销售。在外面奔波的日子里，她时常在梦中见到那一条小溪缓缓流淌，溯流而上，依旧是碧波涟涛、绿水青山还有桃杏花里的人家，生活在其中的人们如同流淌的小溪水一样安详、清明。

她任村支书记还不到一年时间，可故乡的气息已经融入她的灵魂。这里空气清新，古色古香的农舍被掩映在绿树丛里，黛黑色的青山之中勾勒出原生态的梦幻般的轮廓线。

环河五公里长游道在眼前掠过。“鱼鳞坝和叠水坝因地制宜，将坝体设计成‘鳞片’和叠梯次，堰顶设置了汀步，行人可跨步穿行，行走在上面，河水从脚踝处流过，河风扑面而来，人与山水完美地互动。”细书记细细介绍。

这种原生态的景点打造立刻在全省引起打卡的热潮。

除此之外，还有千年罗汉松古树公园、木活字印刷非遗体验馆、红十八军组建地小河革命历史陈列馆、人行悬索桥、桃花林……

她说：“现在乡村旅游景点很多，但真正生态的不多。要成为旅游、健身、度假胜地，必须保证优良的生态环境，所以小河没有随意开发。”

我很早就听说这棵“树王”，有着约1900年的树龄，是湖南省寿命最长的罗汉松，小河生态的名片。为了更好地保护“树王”，已建造了一个公园，毗邻红十八军组建地小河革命历史陈列室。

走近这棵古树，仍苍劲挺拔，枝繁叶茂，与小河独特的建设理念，以及源头小溪河、精巧别致的河坝自成一体，静变相宜、曲径幽深，俨然一幅山水画卷。

张细兰告诉我：“随着‘一河两岸’风光带的实施，乡政府以水域景观为主线，以田园自然资源为特色，设有环河五公里长游道，对境内十余处景点和革命遗址、活字印刷非遗体验馆进行了有效串联。”

原生态的保护！我的脑海里闪现的不仅是一批有识之士，还有一批有识之官。有识之官就是懂文化的官员。发展与规划，最终拍板的是官员，规划规划，墙上挂挂，纸上画画，不如领导一句话。怎样处理保护和发展的关系，单靠民间保护力量的有识之士是不够的，保护生态与发展更重要的是靠有识之官。

一河两岸，小桥流水，廊桥、古井、鱼鳞坝，处处即可入画。在这里，你别想严格地区别景区和自然环境，刚才眼前还是粉墙黛瓦，才走了几步，满眼绿色就扑面而来，几乎泼洒到你肩胛上，翠绿的叶子和你耳鬓厮磨，微风吹过，好像在窃窃私语。

田心的绿色时时在撩拨你，田心的红色和古色又时时在提醒你，带给人一种时空交错的感觉。

一路上很清静。

很巧，在全域旅游景点牌下，我们遇到了两位老人。奶奶头发花白，穿着一件红上衣，手里提着网兜，大爷手里拿着镰刀和锄头。看来，他们

网红打卡地——鱼鳞坝

两人是一对老伴儿。

我迎上去，问及他们在干什么，老人兴致勃勃地说："村上美丽屋场建设开工了，为了支持屋场建设，昨天就开始放掉鱼塘的水，现在准备把鱼全部抓起来卖掉，方便屋场建设工人施工。"最后老人还不忘对张细兰补上一句，"细妹子，你放心，美丽乡村建设是大事，我们不会在关键节点塌场（本地方言，拖后腿的意思）的！"

大爷话说完，奶奶乐滋滋地笑着打哈哈。汗水湿透了两位老人家的衣服，善良质朴的气息像阳光下的稻穗。

原生态，一种文化的符号。人们心灵深处最美丽、最柔软的那朵乡愁之花在此盛开！

二、古老的木活字印刷

6月，芒种。

正午的热浪袭人。在这样热闹的时节，人们也都是忙碌的。忙着收割，忙着播种。此时，在潘家老宅益兴堂木活字印刷坊里，第五代传承人吴汉涌手里拿着刻刀，在柔和的灯光下忙着刻制字模。炳炳烺烺的光亮、凸显的字体、淡淡的墨香，都仿佛来自另一个时空。

一页页书籍在我眼前徐徐打开，古老的时光翻涌而来。

说到活字印刷术，可追溯到宋仁宗庆历年间（1041—1048），是中国古代四大发明之一。北宋平民毕昇总结了前人雕版印刷的实践经验，并针对雕版印刷刻版费时、费工、费料，且错字不易更正的缺点，制成了胶泥活字，实行了排版印刷，完成了印刷史上的一项重大发明。后来，人们又将泥活字换成了木活字。这样，遇到有些不常用的生僻字就可以随刻随用，大大提高了印刷效率。

清道光年间，地处湘赣边陲的浏阳小河曾经活跃着一班以印刷族谱为业的“谱师”，益兴堂的创始人潘顺烈从江西学会木活字印刷，成为湘赣边界著名的谱师，这一传就是六代。从此，益兴堂木活字古法印刷在湖湘的传统文化中占有很独特的位置。

“木活字之所以得到传承，基本是依赖姓氏族谱的修订。”吴汉涌放下刻刀，站了起来。

他并没有认出我来。

前段时间，文旅局出版《探秘千年古县玩转浏阳非遗》时，我曾跟随摄影团队的老师拍摄过益兴堂。在我的记忆中，他话语很少，但讲到印刷术时又有着说不完的话。

和当年一样，吴汉涌淡淡地又是极认真、仔细地讲述着关于印刷术的历史和工艺，其他诸如人情世故之类的仿佛与他没有关系。也许匠人的内心都是安静的，独具“匠心”的手艺人往往意味着专注、执着。

在这个充满古意的老宅里，木料房、字坯制作间、刻字桌、印刷台、分册室、装订桌、堂屋里摆满的字盘，给这个不起眼的小山乡平添了几分文脉气息。

潘根业是益兴堂的嫡系传人，他戴着老花镜，端详着一个个小小的梨木块。他当过木工，做字坯对他来说也算是老本行。据他介绍，木活字用材考究，字坯必须用上好的梨木做成，大的一般为 1.6 厘米见方，小的只有黄豆粒大小，都要刨削得方方正正、平整如一。

“每天这样重复一件事，有过厌烦吗?”

“做这个确实很乏味，但我只想把它做到最好。”潘根业平淡地回答。

喜爱是传承道路上的基石。20 世纪 60 年代，各地的木活字字模及印刷工具几近绝迹。而小河益兴堂的大部分字模及工具却因地处偏僻而侥幸得以存留下来。但在当时也只能束之高阁，无人问津。直到 20 世纪 90 年代末，邻近的江西一些地方又悄然兴起了重修族谱的热潮，最初有萍乡的林氏族姓派人四处打听，找到了当时已年近古稀的潘绍初，请他老人家印刷族谱。沉默了几十年的潘老又惊又喜，揣着几分忐忑的心情，带上儿子潘根业和姻侄吴汉涌，去到了萍乡一个叫金鸡岭的小山村，为当地的林姓氏族印刷族谱。由于当时政府对编修族谱还未置可否，因此起初很多姓氏都不敢大张旗鼓地到印刷厂去印制，而是到处去寻找以前的谱师，藏在一些山区的祠堂或民居里面进行编印。好在到 1999 年潘老过世时，作为益兴堂第五代谱师潘根业和吴汉涌也已经出师。这多少让潘老能够安心离开了。

时隔这么多年，当我问及是什么让他们将这项古老技艺坚守至今时，潘根业没有正面回答，只是说现在坚持下来，依然觉得无怨无悔。

阳光一点一点爬进了印刷坊里，我们聊着聊着，感到曾经岁月让他们收获的是信心，更是继续走下去的力量。

接下来的字模雕刻是最难也是最核心的工序。反字直刻——是益兴堂的祖传绝活，无须将字反写在木坯上，而是直接下刀雕刻成字模，这种技艺无不考验谱师的功底，其中吴汉涌便传承了这项绝活。

只见他将字坯排在“字床”中并拴紧，拿出刻刀，直接下刀，随后迅速将笔画之间部分剔除，凸出字体，刷去木屑，再磨去刀痕，不到十分钟，一个端庄古朴的老宋体“传”字便惊艳于眼前。谁也不曾想到，这古老智慧的结晶会在一个小小村落里薪火相传，“活字”生辉。

潘荣富是潘根业的大儿子，负责拣字。

我问道：“字盘有多少个字？”

潘荣富说：“字模按排字口诀摆放在字盘里，字模常用的叫内盘字，不常用的叫外盘字，分为大、中、小三种字号，总共有八万多个。”

我正在为字库里密密麻麻的字感到惊讶时，他似乎看出了我的疑惑。他小声念着祖宗传下来的排字口诀：“金木水火土，君王随后走；禾竹芳草茂，力刀方提手……只要掌握了这个口诀，就可以很快把想要找的字挑选出来。”

《庄子·养生主》中有这么一句话：“指穷于为薪，火传也，不知其尽也。”后人将这句话的意思概括为一个成语：薪火相传。

“文字不应该只是停留在书本上，而是应该展现出来，让更多的年轻人、更多的孩子感受和触摸它。我庆幸自己当时选择了它。”这是作为第六代传承人潘荣富的心里话。

吴汉涌相信这项传统古老的技艺能世代传承：“现在乡政府已将木活字印刷非遗馆建好，就位于罗汉松古树公园内，推出了‘木活字+旅游’‘木活字+文创’，让木活字真正‘活’起来，让我们在这条路越来越有盼头了。”

告别时，三位传承人目送我们下山。我上车时，再回头，门楣上那块写着“益兴堂木活字印刷坊”的金字牌匾，还有两边那副“修百家族谱，续一脉亲情”的对联就是赋予他们火尽薪传的力量源泉。

“他们就是这样了解素材的特性、磨炼自身的技艺、做出好的东西。这是他们的生活本身，是他们的人生哲学。”《留住手艺》一书中这样说道。

三、策展人·红豆杉专家·“王疯子”

王斌觉得，小河的月色是他此生见过最美的。

一大片菜地，一大片青山，粗糙的土坯房，弯弯的窗棂，高高的门槛，还有无数次亲吻过房角帽盒的月光，让他心无杂念，安然自得地守着这一方青砖，一款佳茗。

这是5月的第一天，田心村充满着沸腾的暖意。王斌戴着白手套，手捧青砖帽盒，弓着身，小心地将一盒有着近百年历史的青砖放置在玻璃柜内，像初为人父抱着娃娃一般。

我打量着这栋被打造成为青砖帽盒文化馆的土坯房，夺眼的镇馆之宝——有着千年的青砖帽盒居在馆中央，盒子是仿清朝官帽形状，在传统的夏布、木活字印刷、古山贡纸的衬托下，显得无比庄重。满屋呈现的是制作工艺流程，二百多年前保留下来的原茶样，三百多个黑茶品种，墙上挂着用榫卯工艺制作的实木帽盒……四周缓缓流淌着一种深沉的古韵之美，燃烧着绵绵长长匠心的承载。

此时，这个属龙的男人站起身来，思绪回到了二十五年前。25 岁时，他中专毕业求职进入深圳科技局下面的高交会交易中心，在这里，一切从零开始。他和所有年轻人一样，梦想与现实胶着。

看着沿途霓虹的街景，任思绪蔓延在城市的各个角落，夜晚回到家，他在日记本写道："对于城市而言，一个人的到来就像尘埃散落；而对于一个人来说，到了一座陌生的城市，等于换了一种人生。

八年下来，王斌完成了自学大专的学业，扛起了高交会策展的重担。可很快，这种重复性的工作让他开始想寻求更大的发展空间。也就是在那天，他在向领导汇报工作完毕后，在市政府的大楼前坪里，看见有人栽种红豆杉，那一粒粒、一株株的红豆杉，犹如红宝石一样闪着光，耀着他的眼，叩着他的心，一种来自灵魂深处的浪漫情愫顷刻间在他心里集结、升华。

一切都是如此不经意。他几乎是狂奔到红豆杉跟前，谁也没想到，种植的老板竟然是湖南人。"老乡遇老乡，两眼泪汪汪。"老板告诉他，红豆杉是世界上公认濒临灭绝的天然珍稀抗癌植物，在浏阳大围山有很多珍稀又昂贵的红豆杉……当天，他握着这位老板的手，就再也没松开过了。

在得知想做此项目的话需要先培育红豆杉，取得平价又充足的原材料，这就需要他先为这些原材料的种植积累资金。于是，他买断在交易中心的工龄，拿到了 38 万元，来到长沙成立种植公司，高薪聘请专业人士，虚心向他们学习。

"我不光要种红豆杉树，我还要种下理想的种子。不怕你笑话，我一直在发财与理想之间找支撑点。"说这些话时，他显得那么憨厚和可爱。

可以毫不夸张地说，当时他是赌上自己的一辈子来做红豆杉事业的。在近二十年的种植摸索和研究中，王斌带领团队成功掌握了四季都可种植红豆杉的“绝活”，他成了种植红豆杉的专家，被洋湖国家湿地公园聘请为洋湖湿地红豆杉健康园的终身顾问。

看似种植红豆杉与青砖帽盒没有关联，可命运就像一个锯齿交错的齿轮，推着人往前走，或是相遇，或是别离。

谁也没料到，因为共同爱好红豆杉和黑茶，王斌与黑茶专家谢宜宙教授结缘。他开始走上了收藏、研究黑茶的道路，原来冥冥之中一切早就注定了。

聊天中，王斌打开一个木盒说：“这是九年前在村民家找到的五十多年的老茶，一共只有一公斤，是当时村里 90 岁的王娭姆在 20 世纪 60 年代初时，从汉高岭上采来的。当时，她用布袋把茶叶装着挂在屋檐上便忘了。这一挂就是五十多年，颜色也由原来的绿色自然发酵成了铁灰色。

我凑过去闻了闻，一种特殊的陈香味扑鼻而来。

“一般的黑茶泡几泡就无色无味了，但是这个茶用盖杯泡上 50 次，还保持着原有的色泽和香味。来，尝尝吧。”王斌的声音里透着欣喜、激动。

我连连摆手说：“很少喝茶，怕睡不着。”

他咧着嘴笑着继续说：“谢宜宙给此茶做了鉴定，属于野生茶，经过黄藤熏制，在比较好的自然条件下发酵成黑茶，称得上‘能喝的古董’。”

说完，他低头嗅嗅茶，沉醉了。

就这样，王斌一发不可收拾，走遍了一百多个高山古村，寻访各类老茶。从那年开始，他逐渐购入有年份的黑茶，将每个年份和品种找齐，再将它们排序，相对完整的黑茶历史线索就出来了。

也许属龙的人血液里天生就有刚毅、爱挑战、不服输的基因。王斌再一次对自己的人生做出了选择，将红豆杉研究透了的他把种植公司交给了下属打理，自己回到了家乡，回到了小河，做出了恢复青砖帽盒老工艺，将老宅改建为青砖帽盒博物馆，推动民族产业新发展的决定。

“这个人是个‘疯子’！”这是村民们对王斌的定义。他不管不顾，为了青砖帽盒，他忍下了不理解他的人无数冷嘲热讽。他申请了与青砖帽盒相关的所有知识产权后，保留下了这座20世纪70年代的夯土墙老宅，将其改建作为文化馆，又在馆旁边建起厂房、研学基地……他决心打造一个集种植、加工、储备、教学、旅游、休闲为一体，并能带领村民致富的以非遗手工制作产业为龙头的基地。

我惊讶于他的这种人生跨度。每一次转换的行业都是自己并不熟知的领域，都始于向往，终于强大。原来人还可以这样活。我们在多数时候是小心翼翼的，少了一些人生的“叛逆”精神。

此时，月色任意流淌，那块被红绸蒙住的青砖帽盒文化馆牌匾显得温情而又神秘。

月光下，我听见王斌告诉我：“青砖帽盒始创于大唐盛世，经宋、元、明三朝磨砺，兴旺于清咸丰年间，是源远流长中国茶文化大观园中最瑰丽的奇葩……”

四、美丽乡村引来了《云上的小店》

还记得年少时的梦想吗？还记得自己的故乡吗？还记得梦里村庄稻穗摇摆吗？还记得村头墙角人们的说笑声吗？

由汪涵、沈梦辰、杨迪担任嘉宾的电视节目《云上的小店》载着小河的山、小河的水，以及心头里浓浓的亲情和满满的回忆，走到了聚光灯前。

一个小乡村如何被选为湖南卫视的拍摄地？

我不想套用那句“一切皆有可能”的流行语，我只想说，或许《云上的小店》的拍摄已经探求出“三农”发展的出路，摸索出社会学研究的样本，探寻出乡村振兴的经验。

山清水秀云淡淡，空气中飘荡着沁人心脾的气息。

走访中，我遇到在叠水坝前卖盐旱茶的林姐，在交谈中，她三句话不离“小河”。于是，我坐在她店前的小椅子上和她闲聊起来。

林姐嘿嘿地笑着告诉我：“美丽乡村建设以后，我们村的道路进行了硬化、绿化，垃圾也分类了，污水也处理了，整个村庄的环境越来越好，这就是用实际行动告诉大家美丽乡村就是这个样。”

对林姐的这句话，我很有认同感。看着屋顶上袅袅的炊烟，村外边古老的树木，听着风扫落叶声，以及蟋蟀鸣叫声，闻着玉米、桂花的清香，我感觉乡村的每一个角落都是彼岸，每一种声音都是音乐，每一种味道都是幸福。无论是静坐在院里，还是漫步在村外，心都是舒坦与惬意的。

在我们的聊天中，不时有游玩下来的人们买饮料、水和零食。林姐告诉我，光卖水，最多的时候一天能买 1000 多元。随即，她又嘿嘿地笑着说：“想不到《云上的小店》火了，我的‘小店’也火了！”

我问她：“去光顾云上小店没有？”

“做生意忙不赢，还没来得及去。”

“一定要去。”我说。其实我们都知道《云上的小店》未播先热了。播出前，在网络平台的话题阅读量超过了 3 亿。节目播出后，人流量更多了，除了网红坝，小河乡所有的景点都被带动起来了。

“晓得，晓得。乡上正在培训电商，乡村主播直播人，邀请《云上的小店》节目组，还有省里的邮政专家来授课。我家男人都准备报名参加哩。”她说。

可以看得出，把农副产品与文娱产业相结合展开一段促进乡村文化自信的新故事，不仅给观众带来了欢乐，还能让小河乡的农民实实在在地解决家门口增收的问题，更加激发了他们从事农业的信心和动力，提升了他们的幸福感和获得感。

黄昏时分，叠水坝旁“栗柿”民宿响起了阵阵笑声。

我说：“栗柿，这名字取得真好！”

林姐说：“名字好，生意更好。这栋房子闲置了好久，村上借助《云

清溪山房民宿

上的小店》拍摄的契机，把它盘活了。你看屋前有板栗树和柿子树，就是大吉大利，万事如意的意思呀。这里能够住宿、吃饭、烧烤，还可以看鸟、看水坝咧。”

林姐边做生意边和我聊着。我不忍心再打扰了，和她挥手告别。她却不以为然，一个劲地留我在她家吃晚饭。没办法，趁她做生意不注意时，我悄悄地“溜”走了。

乡村的傍晚，阵阵微风吹过，丝丝清凉让劳累了一天的人们感到惬意。路过白鹭广场，人们散着步，唱着歌，跳着广场舞……有滋有味的乡村生活啊！

一位爹爹从我身边经过，急急忙忙拉着老伴，催促着：“快点走吧，再去晚点儿就没地方跳了！”

原来，最浪漫的事就在这实际生活的点滴里。

让快乐成为生活，让生活成为风景，小河做到了！

村原白描

一阵稻花香气袭来，我再次来到北盛。

村庄总是用田园展示灵魂，过去的北盛生活中有自得，也有恬淡；有欢喜，也有遗憾；有多年未曾改变的农耕文化，也有催人奋进的将军故里的人文文化……

有人说文化有一种能够定义一座城的腔调。

如今的北盛又有怎样的一种腔调？

视界的精彩在于当下，未来的高度正是由北盛人一一抒写。

在北盛的省级田园综合体中，我找到了答案。她气韵不减，却正当蜕变！

2017 年 2 月，“田园综合体”作为乡村新型产业发展的亮点措施被写进“一号文件”：支持有条件的乡村建设以农民合作社为主要载体、让农民充分参与和受益，集循环农业、创意农业、农事体验于一体的田园综合体，通过农业综合开发、农村综合改革转移支付等渠道开展试点示范。

北盛田园综合体项目结合乡土特色文化以及场地特征，以“诗意捞刀河、丰美北盛仓”为整体主题概念及规划策略，结合现状条件提出“一河（捞刀河沿线绿色景观示范带），三村（边州村、燕舞洲村、卓然村），五园（许家河新型居民示范区、诗意捞刀河观光园、老粮仓研学基地、燕舞美食园、卓然蓝城民宿体验园）的田园空间，诠释了一出北盛风情景观画境，打造出一个集生态、休闲、健康、文化于一体的田园综合体。

一、他们仨

走进边洲，这里山水环绕，农田万亩，整洁的街道，美丽的村庄，绿树成荫，红花绿草……

可此次，我不想书写这里的风景，以及振兴的举措，只想讲述关于三位聂氏村民的故事。

这三位聂氏村民都是 20 世纪 70 年代生人，他们创业的故事在边州村远近闻名。

边洲村新貌

人物速写之一：

聂滔波，军人后代。父亲聂金奇曾是参加过战争的一名战士。也许是受了父亲的影响，他 16 岁在山西大同当了三年的野战兵。原本他是计划当兵后，考入军校，成为一名真正意义上的军人。可这个梦还未来得及实现就幻灭了。

1993 年，父亲患心脏病需做手术，这对本身并不宽裕的家庭来说，无疑是雪上加霜。正当聂滔波一筹莫展的时候，村民们纷纷献出自己的爱心，这让他在感动之余开始深思，今后的路该怎么走呢？

父亲在村上当了十多年的支书，告诉他，无论做什么，都要有社会责任感，要回报社会。他敬佩父亲，不仅仅是因为父亲的军人身份，还因为父亲任何时候都不放弃。父亲从村支书的位置退下来后，开始自学钻研法律知识，后来乡上还邀请他老人家做了司法调解员。

聂滔波思考许久，决定南下去广州打工，在一家电器企业做了一名保安。头一次出远门的他目睹了广州的繁华，更体会到在人生地不熟的地方，故乡情、村民情是多么珍贵。

刚开始工作的时候，每个月工资 500 元，包吃住。他工作认真负责，聂滔波取得了老板的信任，不久被调换岗位做技术工。技术工有加班薪水，聂滔波的工资逐年上涨，最后达到近万元了。

在聂滔波打工的第二年，父亲去世了。父亲在弥留之际拉着他的手，用微弱的声音告诉他，任何时候都不要忘记自己曾是一名军人。他含泪点着头，父亲曾经给他讲的“枪林弹雨”“托付生死”的故事又浮现在眼前。

前进向前进，

我们是人民的士兵。

为祖国保平安，

为人民守安宁，

我们愿奉献青春和生命！

这是聂滔波在当兵时写的一首诗歌，他紧握父亲的手，大声地喊了起来。

四年后，他还清了父亲生病时欠下的债务，开始修建家中的住房。也就是在这时，迎来了他人生命运的第一次转机，他决定结束打工生涯，回家做木材生意。

回忆起过往的那一幕幕，青春的火花瞬间点燃了他略显疲惫的双眸，聂滔波的兴奋之情溢于言表。

这位有几分矜持的老板说着说着，从坐着的椅子上站了起来，语调变得高亢，激情描绘的青春岁月让他历历在目，勤奋努力的日日夜夜使他无法忘怀。“当时在浏阳做瓷砖生意的并不多，我们村还没有，我觉得这是一个商机，于是在 2015 年，我选择做起了瓷砖生意，从批发一级品起步。”

聂滔波没有老板的傲慢，更没有商人的冷酷，他就像邻家老大哥一般与我聊着。

在他做出进军瓷砖领域的决定后，说干就干，作为一名曾经的野战兵，他是不畏挑战的，并具有一种强烈的敏锐观察力。

而与此同时，他又有了一个同行看不懂的惊人之举：除专卖店外，建加工厂。在当时，这无疑是有风险的。其实，在聂滔波看似“大胆”的背后却有深远的规划。

当越来越多的瓷砖品牌进入市场，要以“品质求生存”，质量与服务才是发展的核心。

抱定这样的理念，“腾达陶瓷”诞生了。

“那年最难忘！建厂房的手续得到了村支两委的大力支持，从跑国土、林业到银行，村上给予了我最大的支持。”聂滔波不假思索地说，“每次在我遇到困难的时候，都是村上和村民让我走出了困境。”

聂滔波是一位懂得感恩的人，曾经受到了村民的爱心庇护，才有了他的今天。他常常带头捐款，灾情、疫情、村部建设、60 岁以上的老人献爱心、发放慰问金……村民们有目共睹。

在聂滔波看来，腾达起源于边州，根基在边州，致富思源、造福乡亲，责无旁贷。他从没有忘记过自己的身份：我就是一个边州人。当他成功了，他没有忘记自己的乡亲：我要帮助他们。现在，虽然厂里的员工只有十五人，但都是本村的村民。聂滔波让他们在家门口能就业，能赚到钱，让他们也有能力去帮助更多的人。此次新冠肺炎疫情，员工们纷纷捐资、捐物，这让聂滔波感到由衷的欣慰。

如果说，在成立腾达、在办工厂之前是在为个人梦想而奋斗的话，那么当下他所做的是为了脚下这片土地而努力。

“还是父亲那句话，做人做事求的就是心里踏实。我是农民的儿子，也是军人的后代，我的一切都是党和人民给我的。热爱家庭，孝顺父母，夫妻和睦，培育子女，这是我们做人的基石。知恩图报，不忘根本，扶贫怜弱，这是我们的老祖宗流传下来的做人准则。”聂滔波为我的杯子续上水后，淡然一笑地说。

从野战兵到瓷砖老板，聂滔波一路走来，一路腾达。企业从最初的几百万元到现如今的千万元。他挥洒着一个军人的豪情、激情和真情。

临走时，他告诉我，将来儿子高考毕业，就准备让他考军校，优良传统不能丢，丢了就丢了魂，红色基因不能变，变了就变了质。

变化的是时间，不变的是忠诚！

人物速写之二：

聂朝阳？何许人也？

百度搜索为浏阳某先生。

一系列标题跳出来,《关键时刻伸援手，北盛爱心人士跨国调运防疫物资》《媒体首次深度揭秘“某先生”，这位北盛好人爱心善举感动浏阳》《从幕后走到台前，只为出现更多“某先生”》《凡人善举　爱在浏阳，今年“某先生”又帮助了 100 个孩子》……

打开新闻链接，仔细读起来：“2016 年，浏阳市爱心协会‘飞舞吧，萤火虫’的公益项目中，聂朝阳捐款 6 万余元帮助贫困学子 100 名；2017 年，浏阳市爱心协会‘爱心助学基金’启动仪式上，聂朝阳戴着口罩低调现身，现场捐赠 15 万元现金，用于帮助浏阳的贫困学子；2018，聂朝阳在浏阳市爱心协会义卖的现场捐款 10 万元现金，用于 100 名贫困学生的助学金，并承诺至少今后五年，都会定时帮助这些学生；浏阳一名老师患病，聂朝阳捐款 5000 元；得知有 10 名高三学生突然面临困难，他拿出 2 万元送过去；聂朝阳连续几年为北盛‘微爱心’助力，给家乡困难群众送去了实实在在的关心……”

人最大的富庶在于爱和信念的坚持。

聂朝阳 19 岁进入社会打拼后，就开始了他的教育公益之路。从最初用省下不多的收入捐资当地小学，给教室装上电风扇，到后来他曾在东南亚做生意，助学当地的贫困学子，他的公益之心从未停歇，公益似乎已经融入他的生命中。

电话里，听说我要来采访，他原本是拒绝的，一旁的聂滔波听到了，帮我说着话。

聂朝阳不喜欢张扬，做事全凭自己的良心，这也是“某先生”的来历。之所以后来公布信息，是他希望有更多的社会爱心人士参与到公益队伍中来。

喝完最后一杯水的时候，门外有人喊了一声“滔波”。

原来是聂朝阳，终于见到他本人了。此时，他刚刚做完家访，这是他每个周末的“必修课”。是的，他不仅是教育公益人士，还是浏阳新弘学校（十二年一贯制民办学校）的创始人之一。

聂朝阳长得高高瘦瘦，斯斯文文，戴一副近视眼镜，说话诚恳，音调低沉，很符合老师的样貌气质。

此时正是一年开学季的时候，清晨，他先到寝室里看看孩子们，摸摸他们的脸蛋，轻唤他们的名字，又微笑地走向锅碗瓢盆交响曲的食堂，才慢慢回到办公室。

“美好的一天又开始了！”他在心里说，“孩子们，我爱你们！”

这几年来，新弘学校的教学理念是什么？因点燃而绽放。用爱点燃学校、点燃老师、点燃学生。师生和谐，师生共进，在每一位教师的精心培育下，每个学生将在这里得到精心的培养，让每个生命得到绽放。

他常常这样对教师们讲：“爱就像一串珠子，只有用线才能将包容、信任、责任感等穿起来。办学需要制度，需要责任，也更需要爱心。”

此时，我们坐在桌前聊着有关教育的一切话题，聂朝阳不时地为我的杯子续着水，一壶茶，二人品，三人缘。没想到竟然如此默契，许是“教育”总是关乎着家庭，关乎人的一生，关乎民生大计。我也早已把喝茶会影响睡眠抛到九霄云外了，说好的最后一杯茶，早就不知延续多少个“最后”了。

聂朝阳细细地啜着茶。有段时间，他看见学生们与他交流得越来越少，好像离他越来越远，他心里有些着急，总是有机会就提醒他们，可大多数时候，学生们似乎不领情，木然地看着他。

深夜，安静的校园让他有时间思考自己白天的做法。学生是一张白纸，该如何来画呢？

于是他找了一个自习课的时间，把他们想说的话写下来。学生们显得有些激动，拿起笔刷刷地写了起来：

老师，我们喜欢看您的笑容；老师，小声说话，可以保护嗓子；老师，别太累了，注意休息；老师，别生气，对身体不好……

爱是倾听，爱是理解！

这个下午，他说的都是学生们的故事。

听着他的教育故事，我的心里暗暗赞许，想起法国电影《放牛班的春天》：小镇的郊外，一所学校，那里的学生每天接受着严格残酷的管理，但是他们并不就此乖乖听话，反而要更加顽劣些，一个名叫马修的音乐老师来到这里，看到这群等待着救赎的学生们，他不同于别的老师，他包容学生，费尽心思地组建了一个合唱团，带领他们唱歌，让他们明白唱歌的真谛，成了小小歌唱家……

此时，我们谁也没有说话，只是静静地坐着，任由茶壶的水在翻滚、沸腾，氤氲覆盖着屋子，在不断的目光凝视中，我们心生感激，感激学生们的存在，造就着现在的我们。

尔后，我听见聂滔波对聂朝阳说："民办学校挺不容易的，老百姓对民办似乎还是有偏见的。"

聂朝阳点点头说："理解万岁。慢慢来，现在我们两手抓，教育和服务并存。"

我问："怎样的理念？"

聂朝阳说："努力地做到教育的一百分，服务的一百分，才会有新弘的一百分。"

我说："教育达到满分？"

聂朝阳露出笑脸说："虽然不能保证所有学生都考上一本，但从新弘走出来的学生是身心健康、三观正确、有担当、有责任感、有使命感、内外兼修的社会主义合格公民。"

内外兼修的合格公民！

真好啊！

"怎么做呢？"我问。一旁的聂滔波也看着聂朝阳，一脸的期待。

聂朝阳说："多个方面，具体来讲，就是开展相关教育课程项目，学校已经陆续推出了塑身健体类、文化修养类、实践服务类、活动探索类、学科素养类等。我们在规范学生文明礼仪教育的同时，也在做服务。"

教育即是服务——对于用仁爱教育去温暖孩子的心灵，聂朝阳脑海里只有这句话。他和教师们事无巨细，从学生的饮食偏好、药物的过敏到家庭成员结构，再到行为习惯，他们都一一做家访，每个人都建立了个人档案。教育是一个漫长的过程，他只希望俯下身去拥抱学生，躬耕于实践，同时在点点滴滴中去影响他们，让自己成为他们成长过程中的支持者，帮助他们实现自我增能，带他们看见自己的价值，看见未来更多的可能。

聂朝阳的父母都是教师，打他记事起，父母一直要求他要有正义感、互帮互助，并且要懂得感恩。至今，他都记得父亲曾对他说的一句话：要帮助别人，应该给别人的是种子，而不是一棵白菜。

正是这样，他怀着一颗公益心办学，用慈善心做教育，用创新心育人才，让更多的学生享受到优质的教育资源。我似乎读懂了他助学公益的心，它不仅仅是公益，更是爱的激荡和传递。

时间过得比平常要快。临近黄昏，窗外无数飞舞的莹尘羽化成了天边几抹微红的霞光。聂朝阳站起来帮我续上一杯茶后说："我的事真的没有什么值得可说的。不过有一个人我一定要跟你讲讲，他很值得你去写：

"聂学开，咱们村的五保户，一名退伍军人，60 多岁。新冠肺炎疫情时，村上号召捐款，他一下拿出 2000 元。当时，所有的人都很惊讶，问他为何捐这么多？他说了一句让我一辈子都感动的话：'国家养我这么多年，我捐的这些钱是对国家的一丁点回报而已。'"

说完，聂朝阳笑了。透过他灿烂的笑容，我真切地感受到了他的质朴和纯粹。

"道阻且长，行则将至。"聂朝阳说。

我心生敬意，感慨万千！

人物速写之三：

聂新建是很爽朗的一个人。

在聂滔波还没来得及介绍时，他就自报了家门。

在与他相处的短短几个小时，他对我说了不少事，而说得最多的还是边州村的发展。

2005 年，聂新建在外做钢架管赚了。当时他心中就生出一个梦想："一定要让更多的村民摆脱贫穷，不要外出，可以和城里人一样过上好日子。"可怎样改变，他并没有很清晰的认识。

直到 2015 年，他回村后，村支部领着一帮先富起来的人进行"美丽乡村"的现场观摩；来到宁乡某村时，他感触很深的是村上发展集体经济，充分利用闲余劳力，外出打工的现象几乎没有。

那天，他回来后，想了许久。虽然现在自己在镇上做灯具生意还不错，可要通过这个店来改变一部分人，这绝对是不现实的。

出路在哪里？他想起了 20 世纪 90 年代中期自己在广东中山做生意时，曾遇到一位老板对他说，思维决定出路。

"改变思维！"聂新建坚定着地说，"通俗一点讲，就是要'头脑风暴'。那年，国家提出了美丽乡村建设，发布了很多关于新农村建设的政策，并且鼓励年轻人回乡就业创业，这些措施都表明国家对于乡村建设是非常重视的。作为边州的一员，同时作为一名党员，我希望能为村民致富发挥一点力量，为家乡发展寻一条出路。"

这时，一旁的聂滔波爆料，聂新建当选了北盛镇的人大代表。

我正要祝贺，聂新建拱着手说："不值得提的，真不值得。"

聂新建告诉我，在广州、深圳、上海那些地方，有很多边州人在打工，有些人发展得很好，节假日他们回来，聚在一起聊得最多的话题就是：要不要回来？回到家来，能干什么？他发现这里面的一些人不缺乏资金，更不缺乏干劲，他们愿意选择回家，他们所希望的是一个更有发展的平台。

说到回家乡，聂新建把目光收回，往事匆匆像一阵风，忙碌而简单的日子又跳到了跟前。

他们三人是几乎同时回乡的，那时候，他有事没事都会去找聂朝阳、聂滔波他们说当下，聊未来，谈发展。他们仨从小就在一块儿玩，池塘里摸鱼捉虾，河边洗澡，晚上捉知了，没有什么没玩过的，他们还一起去镇上卖过冰棒。边州对他们的意义不仅仅是地理上的，更主要是精神上的，是有温度与烟火气息的，是少年时代面对困苦依然给予乐观向上的精神家园。

说话间，聂朝阳端来好几盆水果。

聂新建拿起一串葡萄递给我："尝尝，咱们村村民自己种的。"那喜爱的神情不亚于是他自己种的。

我默默地注视着眼前这位中年汉子，很普通的一位农民老板。可那貌似平常外表的下面却蕴藏着一颗不断想打破常规的心。

生活在相对闭塞的大山里缺乏想法并不奇怪，大多数事情似乎在按照传统的思维方式运行着，生活仿佛有一种固定的模式。在这样一个地方，想法变得更加可贵。聂新建没有囿于一隅，换句话说，他有想法。因为有想法，他愿意放弃本身成功的行当，回乡创业；因为有想法，他愿意和村干部一道建设家乡。

他说："牵涉村民的事情都不好干。我本来觉得村里的工作应该是好干的。大家都是乡里乡亲，什么事情说一声不就行了。但一接触实际就不行了，牵涉方方面面，只要涉及利益，就会有想不通的人和事。比如这一次我们想签征地协议，村民采取自愿，以股份的形式统一规划和开发。你想，一片山是'死'的，如果良性开发，就能搞活。可有人就是不愿意，你得一步一步做思想工作。"

"有没有为自己的行为而后悔？"我问。

他摆摆手说："那倒没有。说实在话，起初有些恼火，后来认真想想，也不能怨他们，在事情之初，没有受益之前，他们不愿意也是情有可原。所以，做事的带头人思维观念很重要。"

谈起边州村的发展，他们三人聊得忘记了时间的存在，从他们的谈话中，我感受到了这些年来，村上确实做了许多事。譬如，改善村里的人居环境、完善公共基础设施、提升村容村貌。同时，在原有基础上更新村规民约，并制定相应的执行办法，完善细化村规民约。基础筑牢后，大力推行农业专业化、机械化、现代化，积极发展集体经济……

聂新建说："我们还是遇到了一个好时代。希望边州村以后的发展越来越好。或者说，我要努力，使边州村发展得好一些，使自己得到提升，做一些对村上有益的事情。"

他们仨点着头，又笑了。

边州对他们仨而言是一生中最重要的东西。他们希望能够跟边州一起成长，一起奋斗，一起走向最好的未来，对于他们来说，能够伴随边州往前走是一件再幸福不过的事情了。

都说三个女人一台戏，那三个男人呢？我忍不住笑了……或许他们如一团火，照亮着边州村。

走出屋子，路过小院时，花开得特别艳，三人就村上的发展还在讨论着，我忙按下了相机键。

故事结束了，生活还在继续。

他们仨在奏响时代乐章的跑道上继续放歌，信心满怀，激情飞越。

二、守望乡村

这片土地，卓然村在守望。

这里是一个用布衣振兴乡村，五色美域原乡的地方，将生态布衣的梦

原乡染坊

扎根下来，经过两年的时光锤炼，一家专注手工织布与植物染色技艺传承及创新的织染工坊——“原乡染坊”诞生了。在国家推行“乡村振兴计划”的背景下，传统文化与美丽乡村正在融合。

这种靠人记忆编织的传统手工织造技艺仍无法用现代机器来替代，随着传统文化复兴最好时代的到来，巨大的文化保护价值得以显现。

一路上，山环水绕，农田开阔，屋舍俨然，阡陌交通，更撩人猜想卓然染坊的故事，我不断地催促师傅快开点。

很快，车停在了染坊的门口。

走进去，一幅震撼的场景扑面而来：偌大的院子里是合围起的木杆，碎花和各种颜色的染布在蓝天白云下高高悬挂，迎风舞动，划出一道道优美的弧线。

就在我惊叹之时，穿着凉鞋、满目含笑的卓然村支书汪新桥来了，善谈的他向我津津乐道原乡染纺的由来。

“为什么我眼里常含泪水？因为我对这土地爱得深沉！”将艾青这句话套用在接下来采访的几个人物身上再合适不过了。

汪新桥高中毕业后就办厂做生意，每年能挣100余万元。2014年村级换届，由于原任老支书到龄不能再担任支部书记，在老支书的推荐下，政府对汪新桥同志进行了考察。

他说：“我没有想过到村上去任职，当村干部是一件吃力不讨好的事情。”

可母亲知道后，告诉他：“你办企业挣钱固然是对的，但你当好一个村干部能够帮很多人解决一些实际困难和问题，能被很多人所需要，这是你办企业所得不到的，每个人都应该有一份社会责任感。”

汪新桥被母亲的话打动了，就这样走上了村干部的岗位。

在乡村振兴的这条路上，如何让广大农民脱贫后，走上致富奔小康，实现他们对于美好生活的向往是新时代需要提交的一份答卷，其激发着每一个怀揣梦想、心有抱负的人的奋勇斗志。

2017年村级换届，汪新桥以高票当选为卓然村党总支书记，当选之后，他觉得高票当选之后是更重的担子，是全体党员对他的信任。他深思：怎样才能对得起这份沉甸甸的肯定呢？应该发展既有文化，又能创收的项目，让大家既能够留住乡愁，又能有所收入，在自己的家乡创业、打工。

发展什么项目呢？他盯上了织染。

浏阳北乡素有“棉布之乡”的美誉，卓然村有着悠久的织染历史，到现在，卓然村还有三百多人能织布和染布。对于这门传统手艺，汪新桥一点都不陌生，从小他就是在母亲吱吱呀呀的织布声中长大的，母亲靠织布、纺纱将他和妹妹拉扯大。

煤油灯下，母亲纺着纱，父亲将织好的布放到箩筐里，再放好尺子、剪刀，准备明早外出卖布，他常常送父亲到村口，目送他挑着布担子远去的身影……这一画面永久地定格在他的记忆中。

汪新桥的母亲——周玉珍老人是染房的创始人之一。纺纱织布大半辈子，让她老人家想不到的是，这门古老的技艺会再次在她手里复活。

在染坊的右侧就是她的家。当我走进她家时，65 岁的老人家正抱着 4 岁多的孙子在织布机旁玩耍。

周玉珍花白的头发绾在脑后，那戴着老花镜的眼睛充满着故事。她 19 岁嫁过来后，就跟着婆婆学织布。那时候，布的销量特别好，婆婆领着她从早做到晚，常常卖到了安乡、南县、湘潭、湘乡等地方，一担布两毛钱一尺，纯收入四五十元左右。

“当地新娘的被套，三铺三盖，有许多都是出自婆婆之手。”周玉珍朗朗笑着，额头上的银丝泛着光。

说话间，汪新桥的父亲端来了一盆花生，告诉我：“自家种的，特别甜。”我还没来得及细细打量汪爹，他老人家就坐下来说：“我们家的女子可是好女子，靠纺纱织布让我们家稳稳妥妥度过几十年。”

汪爹讲了一件连他儿子汪新桥都不知道的事。那时的汪爹还是个后生伢子，有天刚刚卖完布回来，见还没有天黑，就偷偷地跑到村民家打牌去了。等到回家，已是晚上 11 点多了。他一进家门，女子周玉珍还佝着身子，坐在织布机下做着事，看见他，忙不迭地要他赶紧休息。就在那一瞬间，汪爹的心像被扎了一样的痛，他在心里默默地发誓再也不打牌了。后来，他们全家都参与到了织布中，日子越过越好，汪新桥娶媳妇的头一年，媳妇就和婆婆周玉珍学了织布这门手艺。

“汪爹，还有我们也是和周婆婆学的啦。”循着声音望去。一位清新秀气的女子走了过来。隐约中我觉得她应该就是章巧老师。

果不其然，汪新桥告诉我，她就是原乡染坊的项目主要负责人，被大家亲切地称为“阿巧”。

2011 年，在英国色彩服饰行业工作多年，任职全球顶级的纺织色彩研究机构，曾为英国皇室做高级私人定制的章巧，来到苏格兰最大的格子布公司，想要为自己买一块格子布留作纪念。此前，章巧并没有明确目标，但当该公司总裁问清她的姓氏后，然后直接取来一块姓“章”（英文读音为 chang）的格子布时，她震惊了。

原来，在苏格兰，不同的颜色、格子间宽窄粗细的搭配变化代表着不同的身份、地位、家族、姓氏，等等，仿佛是一张穿在身上的身份证。当一块布承载了如此深厚的文化时，它不再是一块布，而是一份国礼，人们必须仰视它。这块特殊的布让章巧陷入无尽的思考中：巍巍华夏，是否也有这样独具文化内涵和人情味的布呢？

带着这个疑问，她开始了长达九年的寻布与寻色之旅。

后来，她来到卓然，找到了汪新桥，对于原乡染坊的建立，两人不谋而合，建立起集棉麻种植、植物染材种植、纺纱、手工织布、天然染色、服饰布艺设计于一体的产业链，让五色绽放在乡野之间。

阿巧讲这段往事时很淡然，但我的心里却感受到了艰辛下那份坚守的初心。

她细致地为我介绍着每一种色彩、每一块布料。那一块块绚丽多姿、稚拙古朴的成品布散发出东方文化迷人的芳香。

汪新桥说：“村民们听说要恢复染房，很支持，积极性非常高。这些纺车、织布机、染缸、木盆、木桶都是村民自愿献出来的。”

目前染坊兼具生产、研学、文创三大功能，同时围绕染坊延伸建造了生态染织物种植基地、织染学院、织染博物馆等文化新生态。将成为众多文创学者的成长平台，更好地发挥手工劳动的创造力和成就感，同时将汇聚国内外关联顶尖专家人士共享孵化新的事业，培育和弘扬精益求精的工匠精神，全面展现“中国浏阳土布北乡”之美，激活原有生命力和造血能力。

一片土地，一座城市，一个村庄，有文化、有历史，才有底蕴、才能

乌龙陂坝

厚重与醇香。卓然将自己的传统文化习俗作为根脉与名片，抓住自身特质，融入文化精髓，着力打造品牌形象，将传统文化元素捆绑到乡村开发、经济建设、乡村治理等事业中来，这样才能烙下如此鲜明的文化印迹和文化符号，让人熟悉不陌生，熟知和惦记，沁人心脾。

随后汪新桥又带我往村里纵深走去。乌龙陂坝，清清的河水欢快地流淌，几只白鹭飞快掠过河面，它们滑翔、栖落，白羽凌然……

在这里，我见到了漂流项目的负责人许高奇。五十而知天命的许总，土生土长的卓然人，跟着父亲办厂子多年，做毛巾、渔网布，是村里第一批富起来的人，热衷村上的公益事业，修路、资助希望工程、程控电话进村……一系列的捐款总是少不了他的身影。

从项目开始到现在已经三年了，他很忙，忙于对接旅游公司，忙于白天研学，晚上做漂流项目规划。他说：“卓然有这么好的自然与人文资源，加上现如今的好政策，咱们可得跟上步伐，不能掉队啊。”

就在我准备夸赞他一番时，他凑到我跟前说：“我知道你想说什么，这都是我们汪书记带领得好。这些年我开发项目晓得当村干部太不容易了，你不晓得，就在前几年，有人写举报信告他。可等到纪委来查，什么问题也没有。当然，现在好了，村民们实实在在地看到了卓然的变化，都参与到乡村振兴中。谁不希望自己的家乡发展得越来越好啊。”

一阵风吹过，汪新桥深情凝望着家园，思潮澎湃，守望卓然正当时。

三、舞动的燕舞洲

我在北边的行走还在继续。

我远远就看到了一丛花中的雕塑，一只凌空而跃的燕子展翅飞翔，下面写着三个醒目的大字：燕舞洲。

关于燕舞洲村的得名很具有传奇性。

燕舞洲村（原名烟雾洲）四面环山，捞刀河流两边依山绕行，形成一洲，人杰地灵，水陆通畅。追溯至明初，朱元璋之军师刘伯温夜观天象，楚地浏阳境内有天子之象，为稳固朱氏皇朝，说合朱元璋血洗浏阳，老幼皆诛，随即浏阳血流成河，明军杀到下马畲时，苍天有佑，宝地生灵，突起乌云，笼罩此洲，伸指不见，马不能行，下马调头退出，燕舞洲章氏人丁一支幸免劫难，因而得名——烟雾洲。现大部分人的祖先皆自江西迁居，先辈勤劳，日耕夜织，地阔土沃，物阜民丰，丁财日益兴旺。中华人民共和国成立后，划分两村，以古祠太平祠和烟雾洲分别命名为太平村、烟雾村。2004年两村合并，由于党政英明，祖德浩荡，农工商业繁荣，居住环境优美，此洲燕鹭盘绕，到处呈现出鸟语花香，莺歌燕舞，因而命名为燕舞洲村。

《庄子·山木》篇曾记载了一则有关“燕子精神”的寓言。讲“鸟莫知于鷾鸸，目之所不宜处，不给视，虽落其实，弃之而走。其畏人也，而袭诸人间，社稷存焉尔”。认为鸟类中最有智慧的莫过于燕子，燕子看到不

捞刀河第一漂

宜停留的地方，就不会再看第二眼，即便是已衔在口中的食物掉落在地，燕子也会果决放弃而立即飞走，同时虽然燕子也畏惧人，但仍要飞入人舍，因为燕巢就筑在人间。

这不得不让我确信，这个小山村一定发生着向上、和谐、智慧的气象。

沿着村道路行走，村支书张元长边走边介绍着："村上除完成基础设施外，产业方面主要是农、商两类，乡村振兴产业兴旺是根本。"

"瞧，这水稻长得多讨人喜欢！它可是省农科院植物保护研究所以我们村为试验基地种植出来的再生稻哦。"张元长自豪地说。

翻着波浪的稻田犹如铺展在大地中的一条绿毯。广袤的田野望不到边际。远处，山外青山，逶迤绵延；近处，稻子摇穗，阡陌纵横……微荡的风中弥漫着清幽的稻花香，令人神清气爽，好不惬意，让生活一下子有了奔头。

张元长告诉我："目前我们村种植优质再生稻 1000 亩，高产优质水稻 800 亩，盈利达到 200 万元。”

“很不错的前景。”我脱口而出。

只是让人想不到的是，就在前几年，燕舞洲村非常难熬。村集体没钱，基础设施建设干不起来，村民们的收入也难以得到保障。

穷则思变。

2019 年，村上找到了发展的方向，由村党支部牵头引进湖南省农科院的技术支持，流转 1900 亩土地种植再生稻，并套养龙虾、青蛙、甲鱼、鱼苗等养殖基地，盈利达到 270 多万元。2018 年成立了 7 家合作社，按照“支部+公司+农户”的形式，将全村 2300 余亩耕地全部流转，其中 200 余亩土地流转给湖南省农科院进行高效品种研发，全村耕地实行科学耕种、机械化收割，一举壮大了村级集体经济。

农业的发展是农民心目中的底气。此后，燕舞洲村渐渐复苏，步伐快了，想法活了，笑声多了。

说话间，我们来到了泰平祠古庙，站在那棵上千年的古樟树下，遥望那碧绿的苍穹、广袤的稻田、忙碌的身影，犹如诗画般的田园画卷。

就在我沉浸在这份美好中时，不知不觉来到了村部。还没来得及坐下，张长元爆出的话题让我惊叹不已。

“燕舞洲村商业方面主要有三大产业：广东佛山棉纱营销和针织基地、钢管脚手架租赁、家具生产销售，广东佛山商会从业人员 500 余人，公司、厂、店 60 余家，营业额 3.5 亿左右，盈利 4000 万元；钢管租赁 51 家，投资 3.5 亿余元，盈利 7000 余万元；家具 60 余家，盈利 1200 万元。”

如果仅仅是惊羡这些数据的话，还远远不够有震慑力。

纺织是燕舞洲村的传统产业，过去这里的手工织布就远近闻名，是棉纱布匹的集散地，当地曾有句俗语：有女别嫁燕舞洲。改革开放后，20 世纪 80 年代末走错路都是做棉纱的。由于广东佛山的发展空间很大，燕舞洲人纷纷涌入佛山张槎镇，经营棉纱生意，并逐步形成产业。至 2003

张元长在千年古樟树下

年，张槎镇的燕舞洲人已经达到了一千多人，在外党员也日益多了起来。

为了便于对这里的党员进行管理，北盛燕舞洲党总支在佛山成立了工商支部。

党员张南桂和燕舞洲许多草根企业家一样，发挥自身优势，瞄准广东大市场，从棉纱经营到纺织针织厂，产品运销东南亚、欧洲。或许是来自革命老区，浏阳人在外面总是集体意识非常强烈。他们明白这么多人在外面，如果没有一个组织来维系，那就会成为一盘散沙。有了一个组织，才是一支正规军，才有足够的力量来抗拒风险与困难，赚钱后也更有一种光荣的感觉。

他们说：“我们就是要让别人觉得浏阳人不一样，比别的地方的人强，我们走出去要更加受人尊敬，我们要为家乡争光！”

我想，这是一支远离家乡，却牢牢团结凝聚在一起的队伍。

当张南桂被大家推选为支部书记时，他兴奋，内心充满着激情，但也感受到了与之而来的责任。这个因情感而肩扛使命的人，全身心投入到流动支部书记这个角色中。

我的运气很好，在村部见到了从张槎镇回来仅两天的张南桂。当我见到穿着青年小伙子的T恤，精神饱满，意气风发的他时，不敢相信这是即将迈入60岁的人。

“离家不离组织”是流动支部喊出的铿锵誓言。张南桂说：“我们这辈人很幸运，赶上了好时代，太平盛世为我们这些想做点事的人创造了前所未有的机遇，我们在实现自己人生梦想的同时，应当更积极引导党员服务家乡和当地经济社会发展，贡献自己微薄的力量。”

我在笔记本上记下了他说的这段话。

张南桂他们一群人的这种执着，担当的性格特点与地域有着密不可分的关系。

浏阳北乡人有个特点，那就是做事特别能吃苦，而且非要做成功不可。他们有着所谓的“北乡精神”：白手起家、艰苦奋斗的创业精神；不等不靠、依靠自己的自主精神；闯荡天下、四海为家的开拓精神；敢于创新、善于创新的创造精神。他们靠着这种精神，在全国投下了他们拼搏的身影。

浏阳人在佛山没有一个抢偷犯罪的，没有一个涉黑的，都很受人尊敬。现在支部已发展有119名党员，开办了30家企业。

毫无疑问，这与流动支部的管理是密不可分的。

2005年，为适应时代发展需要，在北盛镇党委的指导下，工商支部改名为北盛佛山流动党支部。这是目前浏阳市唯一异地建立的流动党支部。

支部像团火，温暖了每一个离乡的游子，也凝聚了人心。在佛山，这个流动党支部既是所有党员的家，也是所有燕舞洲人的家，这就是他们的娘家，是在佛山经商的燕舞洲人的坚强后盾。

多年来，支部被评为先进基层党组织，张南桂多次被评为先进党员，被推选为党代表。

时任北盛镇的书记李斌说：“一名流动党员是一面流动的党旗。现如今，流动支部已是省里的一张名片。”

张南桂说：“其实不是我有多大的能耐，让我来揭示出其中的秘密，一是能吃苦，大多数人是白天当老板、晚上睡地板；二是大家有团队精神，能够在党支部的统一带领下分工合作，共同经营。”

我终于明白了，虽然这份工作是“三无”——无工资、无编制，无待遇，但是张南桂很满足，因为众人拾柴火焰高。

坐在村部，我望着眼前的张南桂，深深地为他和他们的赤子之心感动，我的思想感情的潮水在放纵奔流着。

离开时，张元长还带我们来到了即将改建成的新时代爱国主义教育基地。

这里记载着近代历史上燕舞洲村涌现出的46位仁人志士和革命烈士。其中最著名的是张正坤，他于1926年投身革命事业并加入中国共产党，后任中国工农红军十八师师长兼政委，1937年抗战爆发后，任湘鄂赣人民抗日游击队副司令员，新四军成立后，他随部队奔赴皖南抗日前线，随陈毅在苏南开辟以茅山为中心的抗日根据地。1941年任新四军第三纵队司令员，皖南事变中组织部队与数倍于己的敌人激战七昼夜，终因寡不敌众而重伤被俘，被囚禁于江西上饶集中营，后惨遭杀害，英勇牺牲，年仅43岁。

张元长说：“浏阳是一片红色热土，要努力将燕舞建设成‘红色最红，绿色最绿，振兴最好’的村庄。”

这句话深深地打动了我。或许是受了这种拼搏劲头的感染，我回到家，一行行的文字流泻在纸面上。

“乡村兴则国家兴，乡村衰则国家衰。”实现乡村振兴和全面建成社会主义现代化强国，最艰巨最繁重的任务在农村，最广泛最深厚的基础在农村，最大的潜力和后劲也在农村。无论是边州、卓然，还是燕舞，其在乡村振兴的路上探索着、奋斗着，他们今天的努力就是未来乡村的一个样板，这是何其可贵。

我起身走到窗前，月影下，远山像一浪一浪波纹，令我产生无限遐思，也给我的文字附上了一层朦胧的诗意。

四、遇见

走完边州，我写下一组人物速写，总感觉笔力不够，形神未兼备。

但是，他们传递出来的精神、他们所展示的乡村图景让我起敬。不是为了写人物而写人物，而是关注人物的心灵史，寻找行动背后的力量。

文字写到这里，我想起了他，想起我与他的遇见。生活总是充满着

村干部送春联慰问孤寡老人

遇见。

那天傍晚，在走访结束归家时，我遇到了北盛环园村党总支书记、村主任彭建阳。当时好一阵，我都没有反应过来，建阳是我很多年前认识的摄影朋友，曾是湖南威特制药股份有限公司工程设备部经理。多年未见，想不到他当上了村支书。

虽然担任村支书只有一年多时间，可我已明显地感觉他的变化，聊天没有多久，谈的都是村上的发展。

“保护生态环境就是保护生产力，改善生态环境就是发展生产力。”这是他最喜爱的一句话，也是现在环园村努力和发展的方向。

那天，我们聊了很多，谈了许久。

1997 年冬天，17 岁的建阳从长沙回家。一进门，只见爷爷正和几个朋友围坐在用条形麻石堆砌的柴火坑旁边烤火。他们一边烧着柴火，一边闲聊着当地开荒辟地建设工业园的各种新闻轶事。在他的家乡有个美丽的传说：很久很久以前就有风水先生指着石井罗的狮子山说，这片山坡多少年以后会夷为平地变成一座繁华城市，到那时，这里的农民朋友再也不用待在水田里搬弄泥巴坨坨了，都会像城里人一样住上属于自己的高楼大厦。当时的柴火烧得很旺，火光照在大伙儿的脸上是那么明亮，汉子们的眼神里充满了对美好生活的向往。

建阳在听到这个传说后的第二天，就和伙伴们相约来到家门前的瓦窑岭。瓦窑岭北边是环园泸渚片的庄稼地，再过去一点就是捞刀河边上的彭家滩和易家大屋，南边两公里处是承载着浏阳经济发展梦的 319 国道。瓦窑岭不大，栽满了油桐树，那是他们儿时放牛嘻哈打闹的欢乐摇篮。他们几个男孩经常摘几枝桐树丫子夹在屁股下，然后从山坡的最高处向山下滑去，美其名曰“溜坡坡”，只是溜破了裤头、溜烂了屁股，没少挨大人们的责骂。重聚山顶的他们面对着山下空旷的庄稼地和远去的捞刀河，你一言我一句地诉说着各自的理想。那时候，建阳戏说以后自己要让他们的村

春意盎然的健康大道

庄成为最美的乡村。

突然发现，乡村早已在他心里悄悄打下了烙印。

接下来的几年里，园区建设如火如荼地进行着，被升格为国家级浏阳经济技术开发区，工业总产值超过千亿元。当年的瓦窑岭已建为日供水量8万吨的自来水厂，远近闻名的长郡·浏阳实验学校在北边坡下拔地而起，穿村而过的健康大道跨过捞刀河向北延伸而去。而建阳走进了生物制药企业工作，在公司的大力培养和自身的努力下，他逐步从一个普通员工做到了部门经理。

一个人，一座城。夕阳西下、万家灯火时，建阳时常会站在高处眺望，此时才发现内心的孤独。人总是在走到某个节点时，自然而然地就会去思考一些问题。归纳起来，这些问题就是在这个时代如何体现自我的价值？

于是，当被环园村老支书推荐为村支书时，建阳决定搏一搏。

"十年禁渔　保护母亲河"活动

我在想，究竟是什么原因，让建阳迈出了这么重大的一步呢？接下来，他的一番话打动了我。

"人生天地间，忽如远行客。"一句"世界那么大，我想去看看"不知触动了多少人的心灵。很多人在厌倦了固定的生活后，来一场说走就走的旅行，过着想走就走、想写就写的生活，将灵魂与身体始终放在了路上。其实当走过千山万水、当无尽的白天驱走无尽的黑夜，我们才会恍然大悟，这一路寻找的不是别的东西，而是要寻找和遇见更好的自己。

如果说为了遇见更好的自己是建阳选择担任村支书的缘由，那么村民们的理解、支持和认可是这让这份力量持久而热烈的源动力。

当被村民投票当选时，他激动得热泪盈眶，这份莫大的信任与支持让他在心里告诉自己：没有理由不做好。一声问候、一条建议、一个点赞、一次行动都让他感恩在心，回报在行。

车向着环园村开去。由于毗邻浏阳经开区，尔康制药、盐津铺子、天地恒一等企业汇聚于此，高楼林立、车水马龙、商业繁华……让人感觉这里不像一个村，更像一座城。

丁零一声，手机的来信提示打断了我们之间的谈话。片刻，建阳喜笑颜开地指着手机告诉我：“媒体‘智慧长沙’报道了环园村。”

原来他们村积极开展“十年禁渔　保护母亲河”的禁渔、护渔的活动，图片中的建阳和禁渔护渔应急分队沿着捞刀河畔巡逻检查、收缴销毁地笼……

与建阳告别后，窗外星星点点。我的耳畔依然响起他说的，从建设新村部、新学校，改善新小区，发展新农业、新电商等方面着手，带领村民实现乡村振兴的美好愿景，是我们要做的，并且要做好的。

人的一生就是一个在路上的过程，就是一个不断跋涉的过程，每个充实而有所获的日子都是与最好自己的遇见。

第三章 党建引领走在前

悠然见『南山』
你若盛开，蝴蝶自来
白沙有梦

悠然见“南山”

一、幸福生活进行曲

南山之所以让我难以放下，只因它是来自大瑶的一个村，童年时那烟花爆竹的美妙夜空，那伴着无数掌声和欢笑的记忆被它唤起。

众人皆知，大瑶镇是著名的“花炮镇”。

曾几何时，花炮的命运大抵就是浏阳的命运。

在《中国花炮文化博览》的开篇中，有这样一首描写花炮的诗：

有一种花，与众不同，
它开在夜空，
落在人们的心田中。
它有千年的根，
绽放着东方古国的神韵，
升腾起为人类祈福的使命。
如潮奔涌，如歌欢唱，

将瞬间留与永恒，
飞扬缤纷的火红！
有一种文化，与众不同，
它刻在苍穹，
印在喜庆的乐章中。
它有无尽的美，
浪漫着火药的文明，
支撑起一方独特的产业。
如虎添翼，如日东升，
舒展壮丽的画卷，
推动腾飞的祥龙！

可以说，千年的花炮这种传统的文化符号已深深地烙在这座城市的每个角落、每个细胞里，融入浏阳人民的血脉，从此，这片土地因它而赋予了骄傲，赋予了内涵，赋予了灵魂。花炮产业从红火到转型的阵痛，再到创意烟花的走俏，每一次都让人们刻骨铭心。

当时在花炮行业内流行着一句话：全国标准出在浏阳，浏阳来源于大瑶。无疑，南山村村民也依靠着花炮发家致富，从 20 世纪 90 年代末年收入不足 2000 元，村上 3 家企业基本处于“停停打打”的状态，到 2018 年全村企业 28 家，其中年产值上千万的花炮生产企业有 14 家，全村实现总产值 5.6 亿元，上缴税收 2680 万元，村民人均纯收入 2.8 万元，再到现在村民人均纯收入达到 3.2 万元。

在进入南山村写作前，有人建议我不能只盯着花炮看，并说长久以来，花炮已经深入人心，它确实代表了一种文化、一种财富、一种幸福，在很多人的印象中，大瑶除了花炮，似乎还是花炮，如果果真这样认为的话，那就真错了。他并没有说具体的情况，但从他认真的话语中可以感到有些内涵。毫无疑问，有内涵总是能吸引写作者的眼球的。

我立即找到了南山村村支书陈贤礼，说明了自己的想法。主人兼讲解员的他看上去蛮斯文的，说起话来是典型的南乡普通话，且声音洪亮，思维敏捷。在办公室里不断地有工作人员前来找他处理工作，他简洁而又有力地说出一二三来。瞬间，又能切换到我们的交谈中，没有停顿，没有卡壳，自然、流畅。

村支书确实忙，为了不耽误他更多时间，我急切地发问，探寻着南山村除花炮之外的独特之处。

南山村出名很早，2005年正在推进社会主义新农村建设，一项“吃螃蟹”的改革创举在此悄悄推进——南山村试点宅基地制度改革，对一个片区的旧宅基地进行整合，按照新农村统一规划建设芙蓉小区幸福屋场。30户村民按照统一户型、统一外观建设农家别墅式集中居民点，其中包括不少异地搬迁来的村民。这个举措吸引了全省各地纷纷来学习。要知道，当时在农村有一个这样整齐划一的别墅群还真是不多见。

南山别墅群

陈贤礼说“真不多见”时，我的眼光触到了墙上的“国家级生态村”“全国农村宅基地改革试点村”“全国文明村”“湖南省社会主义新农村示范村”“长沙市人居环境示范村”……十余块荣誉牌。

不得不说，他是一个有情怀的人。在大力发展经济的同时，认识到了人居环境的重要性。人文居住环境是乡村振兴的底色。

原来，张爱玲说：“出名要趁早。”

我不知道在这里引用张爱玲的这句名言是否合适，但写作至此，我已经深刻感受到，就南山村而言，除花炮外，还真有几把刷子。

是啊，在绿水青山就是金山银山的时代，在乡村振兴、民族复兴的伟大进程中，没有谁是愿意掉队的。

如果说，南山村在农村宅基地制度改革的率先迈出是敢闯与敢干，那么2015年，南山村启动新一轮改革，入围浏阳市农村宅基地制度改革先行试点村，在宅基地有偿使用、宅基地自愿有偿退出、宅基地跨镇村流转等方面开展了积极探索和实践便是共产党员的初心与使命。

而一直以来，农村土地制度改革是全社会关注的焦点话题，一些宅基地长期废弃，被称为“沉睡的土地”。

在南山村有许多房子都是旧的，其中建的时间长的有20世纪七八十年代的，甚至有五六十年代的。房子破烂，前后狭窄，车也开不进去，什么东西也弄不进去。还有些受“宅基地是祖业”“房子多、房子大光宗耀祖”等陈旧观念的影响，拆房子无异于捅马蜂窝。

对于这样的局面，陈贤礼道出了他的心里话：想借着宅改东风，把村庄建设好，把村庄环境方面的问题解决好。而想要成功实现这些目标，就要充分发挥党员的先锋模范作用。

事实证明，陈贤礼带着党员们风里来，雨里去，白天挨家挨户对村民做工作，宣传宅改政策，晚上更是不辞劳苦，在村里开展村民大会，研究商讨宅改的方法，解决宅改中遇到的困难。用制度设计激活了村民的自治功能，这是值得的。

陈贤礼告诉我们，全村上下很快达成了共识，“一户只能一宅、建新必须拆旧”外，形成了建设南山村新河小区集中居民点的决议，每户建筑占地面积 155 平方米，可安置居民建房 28 户。按双拼别墅、生产生活用房结合模式进行建设，兴建农家别墅 57 栋。电线全部埋在地下，村民和电线“蜘蛛网”说再见。配套建有篮球场、小广场、亲水平台等公共基础设施。

第一轮动迁顺利完成后，第二轮 30 户农民动迁又全面展开，南山村新区的建设一浪高过一浪。这么多年后，一座白天花红柳绿、入夜万家灯火的村庄拔地而起。

在讲述中，陈贤礼感触颇深，反复提到老支书王在成和村上的党员们，言语中满是夸赞、表扬和感激。

李衍富，一名普通党员，他先后带领村民办过 4 家企业，安排剩余劳动力百余人，年发放工资 100 余万元。曾个人出资 4 万多元硬化了组上 400 多米道路。

王在成，南山村的前任书记，曾被誉为“做亏本买卖的村支书”。

1998 年，时任大瑶镇出口花炮厂厂长的王在成被推上了村支书的位置。家人和朋友说他放着“经济上有甜头”的厂长不当，去当村支书，不值。而他在个人得失面前做了第一次“亏本买卖”：他认为作为一名共产党员，能带领村民致富，太值了！

就在次年冬天，王在成获悉山东济南有家企业转让花炮原料银粉生产技术，他立即自费去争取。但对方不相信没有化工原料的南山村能建成银粉厂。一个月后，带着一份详尽的市场调查报告，他再次自费来到济南。对方被他的诚意所感动，不仅同意转让技术，而且最后到南山村投资建厂。后来，这个厂年产值达到 4000 万元。

“村上缺什么，他就搞什么！”陈贤礼这样介绍老书记，办企业、架设高压电、建学校、修路……样样都搞。为村上跑项目办企业，先后自掏腰

王在成与陈贤礼

包近 3 万元：捐资 1 万多元资助贫困户、五保户 30 余户，捐资 2 万多元建设村部、修村道。他始终以身作则，千方百计解决群众最关心、最直接、最现实的利益问题，尽心尽力为村民排忧解困谋福利。现在他仍然在村部发挥着余热，村上有什么事，他总是随叫随到。

在陈贤礼书记的办公室里，我们谈得很投入，不知不觉已过近三个小时。在谈话中，他多次提到老书记王在成，引起了我极大的兴趣。

陈贤礼二话没说，就带着我们向王在成家走去。不远，绕过村部几百米就到了。

王在成老人笑呵呵出门迎我们。王老慈眉善目，朴实无华，他说："想必故事都已经被陈书记讲了，其实在村上，这样的事很普通。"我问他："最难以忘怀的是什么？"他站起身来，从里屋间拿出一块"光荣在党 50 周年"纪念章递给我说："今年 7 月 1 日，市长亲自来我们家颁发的。"说着，这位 72 岁，与共和国同龄的老人的脸上布满了自豪的红晕。

我深以为然。中国共产党从建党之初的 50 多名党员发展成今天已经拥有 9500 多万党员的世界第一大政党，如果没有魅力，这些何以实现？

从南山村部出来，我们来到了芙蓉小区，只见孩子们在南山湖旁跑着，跳着，嬉戏着，一旁的老人们悠闲摇着蒲扇，乐呵呵聊着天，田间地头中年的汉子们正在收割忙碌着。

多么和谐美丽的画面，多么生机盎然的景象。在这里，每一根神经上所传递出来的气息都是悠闲的、宜人的、幸福的。

二、角色意识

在王在成老书记家，陈贤礼书记接到电话要赶到镇上开会，接下来的现场走访怎么办？

“我带你们去！”没有思索，也没有犹豫，王在成几乎是脱口而出。

随后他叫上村副书记刘法裕一道带着我们。风轻轻吹过，疏疏密密的树影映照在这条路上，那些温暖、美好的往事拂过我们的耳际。

“按照‘四季皆景、常年显绿、因地制宜、特色鲜明’的原则，借助既有的田园风光，不砍树、不挖山、不填湖，聘请专业园林公司规划设计，投入 580 多万元成功打造南山湖健康主题公园、健康步道、休闲广场和户外健身广场，成了集休闲漫步、游览观光、户外健身为一体的多功能场所，是南山村村民户外活动首选地之一。

“瞧见那湖没有，那是南山湖。以前是个山塘，由于多年未修，淤积严重，因此村里先进行了清淤，同时把四周荒地纳入进来，挖掘扩大为人工湖，取名为南山湖。

“在南竹山片区创建小微水体示范片区，对片区内所有山塘进行除险和加固，对所有河流、河坝、沟渠进行清淤疏浚，生态修复，建设污水处理池并安装全套污水处理设备，将小微水体变成小微景观，每家每户

芙蓉小区人工湖

安装油水分离器，确保集中居住区生活污水达标排放，做到‘水清、岸绿、景美’。”

南山湖畔，亭台，楼阁，湖水悠悠，绿树成荫。回望南山村，在明媚的阳光下，那一幢幢具有乡村风情的精致别墅如一颗颗熠熠生辉的璀璨明珠镶嵌在南山湖边。

“580 万元可不是个小数目，这么多钱从哪里来？”我问。

刘法裕自信满满地说：“宅基地退出、流转，产生的收益除了用于农户补偿、分红，剩下的就用于基础设施建设及村级集体经济发展。其实乡村振兴的工作要求就是让它成为全党全社会的共同行动。我们就是为村民们做好服务。”

这是南山村这位最基层的副书记的切身体会，发自内心且很精辟。

2020 年，南山村集体资产 926.4 万元，当年实现 1060 万元已不成问题。这世间鲜有毫无缘由且持续长久的垂爱，总是因为自身的闪光，以及持续的努力，才能迎来美妙的感受。

走进樟树湾，映入我眼前的是一棵有着一千多年历史的老樟树。

香樟树屹立在青绿色的山坡上，枝繁叶茂、绿叶成荫。枝干上木纹流畅，顺势伸长，仿佛有大做文章之感，难怪“樟”带木字旁。

自古以来，屹立深山、长青不倒的古树多被人予以敬畏之心。这棵古樟被村民看作景观树、风水树，常被赋予长寿延绵、吉祥如意之意，被村民称为“活雕”，它见证了南山村发展的历史。虽然物是人非、斗转星移，但是它一直屹立在这儿，守护着当地一方百姓。

曾经在抗日战争时期，由于这棵古樟树的存在，远远看去，村子就像一座山被樟树全部遮盖了，日寇因此没有进入村子，让村民躲过一劫。从王在成老人家记事那会儿起，周围的人都喜欢来树下乘凉，但他更甚。他不仅喜欢来树下玩，还常常钻到树洞里去，那树洞如同树的一扇门，记得第一次入洞，把他吓了一跳，里面大得容下了他们 5 个人，当时他们贪恋洞里的凉快，还在里面睡了一觉。后来神奇的事又发生了，不知什么时候，树洞消失了，而且主树干还生出两条大的分枝。我抬起头看到，这棵古樟树树干粗壮，犹如一根大柱子，浑身上下透露出沧桑感，时间已经刻画出粗糙而又苍老的树身。

树有年轮，木有根。古树是时间印刻在自然中的天然成物，不仅饱经风霜雨雪，也能旁听人情世故。现在这棵古樟树依旧挺拔如初，没有枯黄的外在，也无衰颓的倦态，在历经近两代人生长的岁月里，看惯了苍穹的云卷云舒，也见多了四周的花开花落。作为生长在这片地界上的“老者”，姿态随性，心境亦然。但其生命力仿若生生不息，百年间也不过瞬息，再过些年月，同样经得起时间的考量。

王在成说：“现在这棵树最少也要 7 个人才能抱得住。”

他的话勾起了我们一行人的兴趣，我们 4 个人手拉手环抱了一下，果真还差一大截呢。

村上准备给这棵古樟挂牌，就是想给它一个属于自己的“身份证”，同时号召更多村民参与到保护名木古树的行列中。“咱们既要金山银山，也要绿水青山，只有不断提高村民的生态环境保护意识，才能留住我们南山村的这幅美丽画卷。”刘法裕信心十足地说。

毫无疑问，古樟树的独特景观与人文价值成了南山村规划开发的重要元素，以保护古樟树为基础，通过规划设计，做到“见缝插绿、随景造绿”，打造具有美感的田园景观。

而真正让南山村农村人居环境综合整治取得显著成效，既顾“面子”，又顾“里子”，是村委会推出的以围绕“田园城市，打造幸福家园”的目标，有效地开展了“五治”：一是提标扩面“治厕”；二是分类减量“治垃圾”；三是全域统筹“治水”；四是科学规划“治房”；五是浓郁氛围“治风”。坚持生态优先，绿色发展的底线，决不走先污染、后治理，边污染边治理的老路，在真正意义上实现了“悠然见南山”！

在我们的走访中，遇到在菜地里劳作的农家大姐吴俊兰。她一直生活在南山村，见证了村庄的改变。聊起这些变化，她告诉我，多亏了党的好政策，多亏了村支两委。

接着，吴大姐学着陈贤礼书记的口吻说：“村民的事情无论是大事小事，我们都要把它当成最重要的事来办，还必须办好。”她告诉我，这是陈书记讲得最多的一句话。

吴大姐望着我，眼眸里写满了对村支书的赞美。

我的眼前闪现着陈贤礼、王在成和刘法裕的影子。我知道他们原本都是普通农民，曾经他们也只会种地，让干什么就干什么。后来，改革开放，新时代的发展席卷涌来时，他们认识到了自己所处的角色位置，活生生地把自己锻炼改造成实干家、创业者和管理者。

“一个人如何看待自己在社会中所扮演的角色，会对他的处事方式产生明显影响，而清晰强烈的角色意识驱动着责任和担当。”我想着。

你若盛开，蝴蝶自来

一、最美网红乡村公路

初夏，阳光，清新，炽烈，我被朋友拉着去新南桥村。

“这里有最美网红乡村公路?”我在车上嘀咕着。“当然!”朋友应答，随即又说，“这个村子真值得你好好书写。”

其实我确信有，只是在我的认知中，所有的“网红”无不是起源于新鲜感：“世外桃源”中的李子柒如是，扮丑作怪的“跳梁人”亦如是。网红的价值源于人们对新鲜感的追逐。而当新鲜感散去，网红的价值也就耗尽了，渐渐人走茶凉。

因而一路上我抱着看看的心态随行着。

至于新南桥村，我了解得甚少，但这个村名有意思，“桥”想起来总是具有些许浪漫色彩的，这多少又让我有了期待。

“快看，那一排水杉。”我指着不远处一排排水杉惊喜地喊道。朋友淡定地告诉我这条水杉走廊就是在抖音中火爆了的网红公路。

水杉在我们浏阳栽种得不是很多，我见它多来自图片中。没想到有一

最美网红公路

天，在新南桥的青山绿水之间，水杉以这种集聚群立的姿态猝不及防地闯到我的眼前来。

这条最美乡村公路全长1.5公里，将交通车道、休闲步道集于一体。水杉郁郁青青，枝繁叶茂，顶天立地地伫立在道路两旁，完美地实现了人车分流。水杉两边配置宽2米的彩色塑胶步道，步道侧面几名园林工人正在栽种五颜六色的四季鲜花，还有一些工人正在安装灯箱。箱体上印有中国诗词，朋友在那儿朗朗地读了起来："明月几时有？把酒问青天。不知天上宫阙，今夕是何年……"

置身在此，还真陶醉到忘了时间。

走在树荫遮蔽却非常明亮的道路上，呼吸泥土般的清新，有一种奇特的感觉，肺腑之间最后一缕城市污染空气的替换在这里完成，世界顿时澄静下来。通直向上的树干、铺伸空中的枝条、摇曳的细叶、透过树隙的阳光，它们像是点燃的一团团蓬松的绿火，顽强而又充满生机，就像我们的生活一样。

天地之间被绿色点缀、环绕、覆盖，嫩绿、黛绿、葱绿、碧绿、豆绿、墨绿……那些我能想到的与绿有关的词似乎都能在这里找到它的所在。

水杉两旁是绿得望不到边际的高标准农田建设项目。走到田间地头，可以看到矗立着的一块巨石上刻有“浏阳市高标准农田建设项目”。

此时正是周末，三五成群的年轻人欢歌笑语，融融乐乐，在水杉树下聊着天，拍着照。我惬意地卷腿坐在了一棵水杉树下，不由得对眼前的这一切产生了浓厚的兴趣，萌生了想要好好采访新南桥的念头。

很快，我们就来到了新南桥村委会。只见外墙搭满了脚手架子，工人们正在刷着白色的涂料，一派热火朝天的景象。走进村部里，墙上挂着的各项规章、措施、目标成果简洁明晰，服务台上分门别类的工作实绩档案整齐有序，桌头上政策宣讲册、调查记录表一应俱全，我暗暗赞叹村上工作的扎实。

朋友正要拨打村支书李扶敏的电话时，却迎面撞上了他。他刚好要下户子，于是我们就坐上他的车，随他一起走村入户，采访也就这样开始了。

李扶敏告诉我，他是土生土长的新南桥人，对于这片水杉，他再熟悉不过了，水杉种植于 1990 年，虽然那时自己还是个孩子，但也从大人口中得知这种植物是保护树种，是植物界的活化石。小时候，经常在这儿玩耍，这条路上留下了满满的童年印记。随着他的成长，这条路也渐渐地从泥沙路到柏油路，再到今天的网红路。

虽然他担任村支书只有三年多，可他在村部工作已十余年，当村主任也有四个年头，从工作的第一天，他就想打造这条水杉走廊，来带动其他的项目产业。于是他开始带领一群年轻人干了起来。新南桥的班子建设是年轻的，平均年龄只有 33 岁。

追梦是他们在不断努力向上的生命里，最自豪的展现。

李扶敏的胸中始终跳动着一颗充满激情的心。

当得知高标准农田水利设施的建设能够节省人力和水资源，保护耕地，提高粮食产量时，李扶敏决定搏一搏。而此时，浏阳市农业农村局正在统一招标、出资枨冲镇高标准农田水利工程项目建设。

他带领着村干部一家一户做工作，说服村民，将以前两边350亩的小丘田改造成路，并成了工程项目建设中浏阳市示范样板工程，工程质量及工程进度得到上级一致好评和肯定。

“其实村民的工作不难做，只要你有足够的诚意和耐心。”听到李扶敏的介绍后，我有了一种直观的感觉：乡村振兴的路上懂政策、有想法、真真正正为群众着想，就会有机遇。

高朋满座，胜友如云。

2020年，新南桥村主办了“寻找美·发现美·记录美，枨冲镇新南桥村‘我眼中的家乡’首届摄影大赛”。在一个又一个摄影家的镜头里，新南桥的美展现得一览无遗。青山绿水、老工匠手艺、民俗文化、古迹旧址……让来自四面八方的人们感受到新南桥的美。

值得一提的是，新南桥村委决定将摄影大赛一直办下去。特别又逢建党一百周年，他们早早就进行了策划，通过博客、微信、抖音将消息发布出去。我期待着那一张张美轮美奂、鬼斧神工、意境深远的作品从这儿诞生出来。是啊，一个村上举行摄影大赛，新南桥村为首例。

没多久，车停在了老党员周代圣家门口。原来村上贯彻实施“党建+微网格”的治理模式，村委的班子和网格长定期到村民家走访，以提供帮代办的服务。走进周老家门，周老正拉着二胡《没有共产党就没有新中国》，嘴角浮起一丝淡淡的微笑，一旁的曾孙子乐滋滋地听着。

周老一点都看不出是75岁的老人，他老人家从弄堂里拿出了好几把刚做好的竹篾刷把要送给我们。我有点难为情收一位老人的东西，可更不好意思拒绝他。正左右为难时，他笑着说：“收下吧，这刷把不值钱，只是少不了。现在日子好啦，篾匠活难得做了噢。”

李扶敏关心地问周老的身体状况，称赞他积极乐观的心态，并希望他继续发挥老党员的余热，为村上工作提出有建设性的意见。

等我们走出周老家好几十米，我回头看到周老仍站在大门口目送着我们远去的背影。

当我告诉李扶敏时，他感叹着："每次走村入户，周老都这样心存感激，依依不舍，看来自己还要多来啊，带领村民们过上更好的日子。"说完，李扶敏将承载着希望的眼神投向远方。

旋即，他的表情又生动起来。村上刚刚谈妥的药材产业基地项目，种植中药材，后盾单位是长沙市中医院。

提起中医药材种植基地，李扶敏就感到兴奋，要知道，这一块在浏阳还是空白。一直以来，新南桥都是靠烟花、花炮的原辅材料为主打，村上共有 13 家花炮企业。随着烟花行业的热度在环保升级以及安全隐患的双重压力下逐渐冷却，现在只剩下了 4 家。

新南桥该如何破题？李扶敏苦苦思考着。

做果蔬，不及浏阳大围山；做食品，难以形成品牌。

有一天，他沿着村间小路，走到水杉树下，看着满目的农田，忽然想到村子共有的资本：田地。既然后盾单位是长沙市中医医院，就得与他们擦出火花来，打造农业富民的生动实践。他顾不上吃饭和休息，把自己的想法和长沙市中医医院派来的乡村振兴的干部第一书记杨建华商量，两人不谋而合。又找村支委一商量，大家认为可行。这给予了他莫大的鼓励。

可具体怎么做呢？这期间，李扶敏一周召开三四次"神仙会"，从中医产业到市场气候，从乡村发展到区域问题，从自身优势到未来的可持续性，常常讨论到晚上一两点钟，在众议互议的过程中，敲定了项目主题——依托水杉走廊，打造以中医药文化为特色的休闲观光农业产业发展，建设一个中医药文化长廊、一个中医药文化屋场、一个药植园、一个中药材标本展示馆、一个健康驿站、一个药膳堂以及五百亩中药材示范种植基地。

李扶敏加快了步伐，在中药材示范种植基地试点成功后，再以“村集体+专业合作社+农户”模式在全村大面积推广，新型产业培育成熟后，将取代落后产能，盘活闲置资产，实现散小食品加工业的转型升级，实现农民增收，以及村级集体经济的发展壮大。

他马不停蹄地奔走着。植物专家、园林工程设计师来了，中医药大学的教授来了，文化大咖来了，新锐的设计师来了……新南桥到了洗盏更酌的时候了！

走在回村部的路上，我与李扶敏边走边聊，一个个重要的信息和素材不时从他嘴里迸出，我生怕漏掉，早已开启了手机的录音模式。

说话间，园林工程设计师正满村子地找他。

“书记，关于康桥屋场的线路设计，有一点我必须和你说明一下。上次我们看到的用作中医药博物馆的老宅子必须尽快启动修缮，可别想着用其他房子来代替的念头。我们要做的就是让人们在新南桥产生惦记、思念，以及对中医的传统文化有足够的景仰与敬畏。”

“你先别急，慢慢说。放心，我来做好老宅子户主的工作。”

我插不上话，就在旁边听着两人的对话。

李扶敏平静、坦然，没有丝毫推诿的意思，更没有觉得我在旁边听着，让他尴尬。

虽然设计师的语气缓和了下来，可气势丝毫未减，又甩出了一句话：“不是我们固执，必须按专业来做，做不好的话，那可是砸牌子的事。”

李扶敏点着头，表示理解地说道：“有了你们专业设计师来当军师，我就像吃了定心丸。”

等到设计师离开后，他又和另一位村干部交谈着，谈得还挺热烈。看到此情此景，我不禁想到某位作家说的话：在咱们国家，村干部可谓是最小的“官”了，可活儿却是最难干的“差使”。

庆祝建党 100 周年文艺汇演

交谈完，李扶敏告诉我，新南桥由于火爆的网红路，村民们对自己家乡的改造、升级关注度是越来越高，这无疑增加了设计的难度。在他看来，这是好事，一千个人心中有一千个不同的乡村，只要是与美丽乡村建设同频共振的声音，他都愿意听。

蓦然，我意识到自己对“网红”的认知有所偏差。新南桥的网红乡村路是不会随着时间的推移而冷清下来的，因为村支委在乡村振兴的交会和融合上，可谓殚精竭虑，寻索不止。

那天，李扶敏和我一直聊到傍晚。离开时，在最美乡村公路上，我透过车窗看见他和园林工人在说着什么。一时又想起他曾对我说的：“要把乡村建设得更像乡村。”说得很坚定，余音袅袅。他明白，乡村建设需要情怀，但是单凭情怀却不可能持续，而唯有立足本地的社会文化生态、自然条件以及群众的精神需求等，才能让乡村在新时代散发出迷人的风采，绽放出璀璨的光芒。

转眼“百年七一”这个特别的日子来临了，当我再次走进新南桥村，李扶敏正和当地的党员群众一起高唱《唱支山歌给党听》。那一刻，我深深感受到这片热土上，每条毛细血管喷发出的激昂澎湃的深情告白。

二、守住当下

新南桥有一座三百多年的石桥。

石桥修建于清代末年，青石桥面，石雕栏杆，南北走向，长约二十米。桥头的石柱上刻着五谷六畜的图案，可惜没有刻上修建年月。这倒好，没有官府、乡绅的印记，说明是百姓自己兴建的。

从建成之日起，它就一如既往地以拙朴又平静的心境横卧在新南片，让南来北往的人从它身上踏过，连通了人们的血脉，衔接了生命的元气，不管是红尘飞扬或风吹雨洗，只是以淡定的心弦维系着这方水土的脉跳。

我一直幻想着这座石桥上发生或唯美浪漫、或惊天动地、或催人泪下的故事来。

于是即便在人们告诉了我，传奇故事好像没有时，我仍然不死心，渴望能获得一些与众不同的东西来。

又是一个周末，我独自开车来到新南桥。这次，我往村里的纵深走去，没有导航，在村里再怎么走，也不会弄丢自己，那一条条修得平坦的水泥路就如同指引牌。

村里头，一排排、一幢幢的农家楼房掩映在大山间。此时正值夏季，村民的门前种植着桃树、李树、杨梅树，一嘟噜又一嘟噜垂落在枝杈间。田地间不时地有黑山羊、鸡、鸭在路上穿过，好一派丰美、富足、踏实的田园景象。

我不禁哑然失笑，或许这就是自己想要的“浪漫”故事。接下来，我知道自己该如何寻访下一站了，那些致富路上的人和事才是自己真正应该

新南桥大讲堂文学讲座

去刻画和传颂的。

在田间地头问完干农活的村民，我把目光投向了养殖户彭常普。在和他取得电话联系后，他将位置七鸦尖发给了我。

出人意料的是，快到达目的地时，大多是弯道。不但弯，还是黄泥石子路，路不长，只是连续的颠簸和爬坡后，我感觉胃一阵阵翻腾。这和先前的路完全是两个世界。更让我感到讶异的是，导航定位突然之间就没有了显示。无奈之下，只得再次拨打电话。

很快，彭常普就过来了。我疑惑地问他：“为什么这条路不长，却还没有修？”他没有回答我，一个劲地要我多喝点水，休息一下。

当到达他的养殖基地时，远远就看到山头上大片大片的茶油籽树。

大山真是慷慨，层峦叠翠，万木葱茏，怪不得那一头头猪、一头头牛长得肥壮、丰腴。

大山也真是吝啬，山里的日子如掌上的纹路，如田里耕作的痕迹，一圈一圈单调重复，斑斓梦想渐渐变成日复一日关于猪、牛的具体筹划。

在这片山坡上，只有四户人家。彭常普的家，说“家”，其实不是很合适，那是一个类似工地上的工棚房，他做了两层，上面住人，下面作为生活用房和饲料房。彭常普的老婆长得很纤瘦，却很能干，将这个“家”收拾得干干净净，整整洁洁。

看着这个被大山环抱的家，我似乎有些明白那最后一公里的黄泥路了。

黝黑的彭常普在猪圈、牛棚里忙活着喂食、打扫，让人很难想象四年之前的他曾是一位做家装的老板。估计他肚子里盛了太多的事，有太多的话要说，我还没来得及细问，他就自顾自地话说从头娓娓道来，那故事就像从他额头上的皱纹里慢慢长出来的。

“我清楚记得干家装装修时，每年收入 20 多万元的日子。可就在 2017 年年初，我和兄长们回到村里。看到自家 300 多亩地荒废在那儿，如同野岭一般，我心疼啊，眼泪噌的一下就流了下来。

“要知道，我们 20 世纪 50 年代出生的人也是经历了很苦的日子。那个时候，村里穷，家里更穷，我们五兄弟连饭都吃不饱，肉想都不用想，有点菜都蛮不错了，可也没有油水。我扛到初中毕业后，开始外出务工，到过广州、深圳、长沙。

“1995 年回浏阳干装修，一做就是二十一年。在浏阳城买了房子，安了家。说句老实话，钱是挣，可心里总是有牵挂。牵挂新南桥的山山水水，牵挂这片土地。我是农民，钱再多，身份也还是农民，是农民就要和土地，和农业打交道，离开了这些，就像树没有根一样。

“于是我和兄长们商量，利用闲置的 300 亩地发展农业、畜牧业。兄长们听了自然高兴，他们也是在城里打工干活，就没有回过家了。

“当时这片地杂草丛生，枯枝败叶，四面静得让人害怕。在取得村委会的支持后，叫来了挖土机，把路全部填平了。随后，我把干装修的钱全都拿出来，成立了浏阳市七鸦尖种养专业合作社。主要是种果树，栽茶树，养猪和养牛。村委会很是支持，送我到农业局主办的培训班学技术，学习后，我被授予“新型职业农民”。接下来，又带着我到林业局申请了油茶项目。

“如今政策真好，学技术、申请项目都是免费的，现在我家的猪牛的小病都是我自己治疗。只要你想干、肯干、勤快，就不愁发家致富。我每天 5 点多就起床准备草料，这草也是我自己种的，有五六亩。如今讲究生态养殖，我建了畜粪发酵池，所有的肥料上山，上油茶岭。每年卖 20 余头牛是不愁的，猪更是一窝窝地出，在村上大力宣传推介下，很多买主亲自上门，有些还是从省城来的哩。

“你不晓得，新冠肺炎疫情期间，我的猪牛销售都没有受影响。

“说句老实话，现在我挣的钱和干装修比起来，可能要少一点，但过日子不是要朝前看嘛。看着满山的油茶树，和这成群的猪牛，我的心里就踏实，只有守住了当下，我才吃得下饭，睡得着觉。

“更让我高兴且有成就感的是，我带动了外出打工的村民彭龙建回家，也开岭 20 多亩种起了油茶。

“还有两户，我也要把他们带动起来，咱们农民就要干农活，干农活就会越来越活。”

彭常普呵呵地笑着，抱起一头小猪崽子，那粉粉嫩嫩的小猪嗷嗷地叫着，像是在对他撒着娇。

听着他的讲述，我想到曾几何时，养猪牛、种油茶不再是农民自己的事，而是政府、村委会共同的事，成为与你、我、他息息相关的事。

原来新南桥的这座石桥是架起它与外界的致富桥，让贫者走向小康，奔向富裕。它一直都在演绎着勤劳致富的故事。

彭常普又告诉我，前两天，李扶敏带着他去了长沙，考察中药材种植项目。想在他这儿开始试点，1 亩地 3 年投入 1 万元，3 年收入达到 3 万元。

他决定干，已经在考虑从秋季开始后就种植黄精和五味子。我想，随着产业项目的推进，相信那条最后一公里的黄泥路在不久后就能成为促进产业发展的助推器，以及致富奔小康的加油站。

守住当下就已经很好了。

可前提是你要耐得住寂寞，经得起外界的诱惑，才能守得住当下。这时，你才会发现天地在，真正的自己也在。

我临走时经过彭常普栽种的那几棵桃树，他急速地摘了几个又大又红的桃子硬要塞给我。白吃的事，历来让我心虚，于是急忙摇手，一番你推我让之后，答应尝一个。

嘎嘣，真甜啊！

三、一位老共产党员的日记本

面对着这摞日记本，我的心里头五味杂陈，轻轻地翻开它，发黄的纸张和褪色的钢笔记录着部队炮兵学习的心得笔记和生产大队的工作情况，那是关于一位老共产党员的青春、人生的岁月故事……

日记回眸：

时间：1972 年 3 月 16 日

地点：河北省邯郸市中国人民解放军三七营学习班

我一定要认真看书学习，弄通马克思主义。在世界上就怕“认真”二字，共产党最讲认真。中国人民解放军是由中国共产党和毛主席缔造的，是用毛泽东思想哺育的。

为了更好地执行毛主席的革命路线，照毛主席指示，建设一个强大的炮兵，为了打击“帝修反”，做好打仗的准备。

1. 提高认识，端正学习态度，明确目的。我们的学习是为了革命，学习军事，准备打仗。

2. 加强作风培养，加强组织纪律性。

3. 搞好团结，同志之间互相帮助，互相关心，发扬风格。

4. 共同努力，搞好这次训练。

5. 训练内容：常用肘击术语主要有……

炮射击前的准备……

火炮的发射机构……

解决命中基本原理……

时间：1976 年 9 月 19 日

地点：村会议室

学习工作会议：

指导思想：深入学习中央十六号文件和两个决议。自力更生，艰苦奋斗。用大寨精神处理好三者关系（国家、集体、个人），全面完成国家任务，安排好群众生活，进一步调动广大社员大干社会主义的积极性，巩固农村社会主义阵地，发展集体经济，为加速农业学大寨的步伐，巩固农村社会主义阵地，为巩固无产阶级专政而奋斗。

晚稻杂交种计划表……

时间：1982 年 5 月 12 日

地点：家中

下午听完乡长传达的经济工作会议后。我觉得我们首先要夺取今年早稻丰收工作。要做到精力集中、时间集中、力量集中，机不可失，时不再来，早稻 5 至 6 月是关键，5 月是重点。全年都在5月，一年之计在于春。其次要切实改变不良作风。大队支委一级要做到人心稳定，生产是中心，要抓好人心问题。

这些日记本的主人就是老共产党员廖坚来，被村里人称赞的廖老，被城里人找寻的“金鱼爷爷”。

我在廖老的字里行间来到了1986年7月。本子上密密麻麻写着全大队的生产数，那一串串的数字像饱满的汗滴，晶莹剔透。

合上日记本，我走进廖老的屋里，重拾遗落的珍贵碎片。

初夏的阳光照着他的小屋，照着屋后的一排排金鱼养殖基地，也照着我们。鱼池里，成群的鱼儿在水里畅游，时不时地跃出水面。

这样一个上午，一名老共产党员的故事回荡在这个小屋里，我如此真实地触摸到共产党员跳动的脉搏，一种忠诚担当的情怀漫溢心间。

廖老20世纪30年代生人。1970年12月入伍，1976年6月退伍，1976年回村上当民兵营长，1977年当上大队长，1980年当上村主任，1992年回村办企业从事经营厂长，2010年去沿海城市考察，发现养殖观赏鱼是可行项目，尝试希望能通过引进新项目带动封闭乡村的发展，回村后开始将山村里的荒山进行土地流转，同时承包附近的山塘，依靠自然地理优势发展观赏鱼养殖，通过自行摸索以及到全国各地学习，开展自行养殖自行营销，自行繁殖鱼类（锦鲤、锦鲫、金鱼），现在养殖基地规模：总占地面积50亩，发展成为观赏鱼基地30余亩，自行嫁接培植多种果树苗木，繁殖家禽为一体的多形式种养殖业基地。

现如今，城里人买金鱼都跑到他这儿来，其中有许多还是金鱼贩子，廖老已经名声在外了。可就在他希望将余生的时光都放在养殖业时，72岁的他在被诊断出肺癌时，他不但没有歇息，竟在短时间内攻克了用生物技术分解养鱼池内有害物质的难题。直到前段时间，突然间，他双脚无法站立，才不得不放下手中的活来。可没过两天，他趁着自己休养的时间又拿起书本，研究起鱼类增养殖技术。

细细打量着轮椅上的廖老，干瘦的脸上写满了温情，一对深陷的眼睛特别明亮，竟看不出一丝病态来。这是一位多么坚强的人啊！

廖老似乎会读心术。他拿起一本封面上印有“1983 年”的日记本，翻到折有印记的那一页，递给我，然后欣慰地笑了。只见上面写着：我不仅是一名战士，还是一名共产党员，轻伤不下火线……

或许万物皆有命，在他老人家生命诞生后，取名字的那一刻，冥冥中已经自有安排了。

廖老的儿子廖洪辉告诉我们，父亲的日记一直写到了 21 世纪的千禧年，可让人揪心、遗憾的是，在后来的搬家途中，孙子们拿着看，不小心弄丢了一部分。目前完好保存的日记只有这 20 来本。这些日记伴着他们兄弟成长。父亲能够报效祖国的除了他那颗无比赤诚的心，还有为国家建设的一腔热血和冲天干劲。从战士到普通的共产党员，从村主任到厂长到发展养殖业，他都身先士卒，埋头苦干，无怨无悔。即便在今天被病魔缠身，他也是积极面对生活。在父亲的影响下，兄弟俩都加入了中国共产党。

“人得病，难道就不活了？现在日子好过了，没有任何牵挂了，只有两件事，我希望你们一定要照做：一是孙子们长大后一定要入党；二是我去世后，借了咱家钱的人都不用还了。”廖老望着儿子廖洪辉说。

我的目光，我的脚步，在这一刻停止了。我一时竟找不到该用怎样的语言和老人对话了。

摄影家周利和老师提议拍一张全家福。廖老要老伴拿出了一面党旗，又把两个孙子叫来，指着堂屋墙上的毛主席像说：“就在这里照吧。”

在党旗下的廖老仍旧是那么意气风发。

临走时，廖老执意要目送我们，当我再次回头时，见到廖老的孙子们正拿着日记本，簇拥在他身旁，朗朗地读道：“微笑面对生活，好好活在当下……”

四、驻村书记的理想说

“我到新南桥不是来打酱油的，不是来混日子的，而是为村子干实事的！”这是新南桥驻村书记杨建华在新南桥第一次见面会上说的话。

初次见他，他正从中药材基地回来，衣服被雨水弄湿贴在身上，脚下的高筒雨鞋满是泥泞。这与他戴着的金边眼镜，斯斯文文的气质有那么一点违合感。

可在接下来的交谈中，谈起新南桥，说到乡村振兴，聊到中药材时，让我感觉这一点都不“违合”了。

杨建华，长沙市中医医院工会主席，副县级干部。年近半百的他主动请缨担任乡村振兴第一书记。报到的第一天，杨建华只带上水杯、挎包和笔记本。驻村一年多，他已经完全把新南桥当成自己的家了，这个家是他的理想国。

让我意想不到的是，杨建华农村工作经验丰富，曾在 1997 年参加长沙市第三批农村党支部整建工作组；在浏阳文家市镇中白溪村驻村一年，荣立三等功；2007—2009 年参加长沙市第一批新农村建设工作队，当时全市共布 19 个村，其在宁乡县大屯营镇靳新村驻村三年。来新南桥一个多月，他几乎没有休息过一天，他每日不是在田间地头，就是在山峦丘陵；不是摸村情调民意，就是对接行业市场。在他眼里，看山都是宝，看水都是金，看林都是钱……可说得再好，不如做得好，做得再好，不如农民过得好。

作为一名驻村干部，按上面的要求，在这儿待三年，就要回原单位。这次来新南桥，将是自己人生履历中最后一次与乡村零距离对接，杨建华一直想干点什么，给自己的工作画出最美的句号。

多少个不眠之夜，多少次回首感悟，多少回调度研讨，为的是定准新南桥的位，集聚新南桥的势。

“我们的目标就是打造以中医药文化为特色的休闲观光农业。

新南桥山林有 2.4 万亩，土地 2946 亩，有大量的土地可以种植，目前规划了 500 亩中药材示范种植基地。通过考察土质、海拔、温度、湿度、雨水量、山形地貌等因素，种植品种已选定：绞股蓝、罗汉果、玉竹、黑老虎等主打品种，并且 20 岁到 60 岁的人都能种植……”

无论我对药材是否听得进去，杨建华还是一气呵成，听得出他语气中的喜悦与希冀。

不知何时，雨停了。雨后的阳光异常耀眼。杨建华领着我们来到了中医药文化康桥屋场的工地。

施工现场，忙中有序。砌墙的，运石头的，翻泥沙的，一派热火朝天的景象。靠近它，走进它，感觉到了它的不凡，结合地形完美地融合了中式园林和医药元素。

民国壬申年的那口古井完好地保存下来了，一汪井水空灵、淡泊，依然是敞开心怀释然的老地方。古泉亭已现雏形，立柱上写有“日暖杏林春常在，壇香古泉水襟怀”，此时，心在无形中颤了一下，中医药文化透彻到心脾。

杨建华指着一面墙告诉我：“这里将从中医药人物到杏林春暖、典故，再到民间习俗、谚语，都将一一再现出来。

我走走看看，不时地逮着机会和村民们聊着天。从许多村民嘴里我得知，村民们都很看好和支持此次中医药文化的建设。

“种中药材好啊，可以治很多病。”

“有这样的村干部，我们的生活有奔头。”

“想想这满山的洛神花、遍地的野黄精；水稻掀起金浪，清风吹见牛羊；天空碧蓝如洗，翠绿的七鸦尖，清悠的牙青河！”杨建华谈完他的理想说，话锋一转，又回到了他的中医药建设的思路上。

“500 亩中药材示范种植基地试点成功后，再以‘村集体+专业合作社+农户’模式在全村大面积推广，新型产业培育成熟后，将取代落后产业，盘活闲置资产，实现农民增收，以及村级集体经济的发展壮大。”

这大概就是杨建华说的理想的具体表现，理想与现实的对视，正确目标的树立，让理想不再是空谈。它拉近了与村民的距离，温暖了曾经苍凉的村庄，凝聚起了强大的民心，激发出村民们奔向全面小康和乡村振兴的强大内生动力。

“新故相推，日生不滞。”太阳每日照常升起，阳光洒到的每一个角落，世间万物万事在新陈代谢，不会停滞不前。但对于怀揣理想者，绝不会在坐等观望中消耗时光。

当我问杨建华下一步的打算时，他说：“把产业壮大，这只是我们在乡村振兴上走的第一步，接下来的任务会更重。如何巩固产业成果，如何进一步整合土地资源，做强做大专业合作社，壮大集体经济，也使专业合作社发展为规模化、多元化的特色产业合作社，促进农户增收，在全体村民奔小康的路上，在实现乡村振兴的过程中，我们有太多的工作要去做。”

站在刚刚建好，即将对外展示的中药材标本展示馆里，光阴氤氲的墙面上走过来一些人——罗清泉、邓曼静、袁子章。

杨建华说：“这些人是新南桥中医药基地建设上的有力支撑者，他们给了我们前行的力量。”

我停下了脚步，细细触摸着他们，这是一群如杨建华一般的人，有他们在，新南桥的理想说永远都在，永远充满年轻，永远热泪盈眶。

《了不起的盖茨比》中有这样一些话，我们继续奋力向前，逆水行舟，不断被浪潮退推回到过去。即使前面的路途也许充满了荆棘，但要始终相信在理想的国度一定开满鲜花！

白沙有梦

对于一个喜欢历史的人，会钟爱一切带有古典意味的东西，尤其对古村落情有独钟。

我迷恋白沙古村已经很久了。这种迷恋来源于她的古街，街道上保留着不少木板门店铺，古朴典雅，沿河两岸是伸出的吊脚楼，吊脚楼基座为石头砌成，房屋为木质结构，造型上与湘西的吊脚楼极其相似，却比凤凰县保存得更完美、更古朴一些。

白沙至今已有800余年的历史，是一个保存得相对完好的古村落。在村落的巷弄里，我遇到许多写生的学生，他们遍布街巷的角落里，三三两两地偎依在墙角、石板上坐着、画着。站立在始建于乾隆年间的万福桥上，静静地凝望着河里有渡槽、渡船和古老的水车，是白沙的繁华、古朴，是时光这世间最伟大的雕刻者留下的神奇魅力，显得那么美，有种敬畏于现世安稳的梦境里。将岁月的痕迹冲洗得干干净净，让世间烟尘洗净后更加高贵地面对俗世羁旅和看客流言。

这个村子不是很大，不消半天工夫即可绕村一周，而我徘徊在街头巷弄里，却不肯再离去，因为这里正演绎着一个又一个梦想，上演着振兴梦、安居梦、强大梦……

白沙古村大溪河

一、流水小桥也婀娜

漫步白沙村头，让人怎么也想不到，在这样一个现世安稳的地方，曾经是秋收起义的革命源头，毛主席开启了他的军事生涯，亲自指挥秋收起义……革命的星星之火就这样播撒在大围山下、浏阳河畔，千千万万的浏阳儿女从此走上了革命道路。

我相信世间所有安排都有它的理由。

白沙古村临河而立、四周环山，名扬世界的浏阳河穿境而过。“白沙”一名因何而来，尚无确考。一说境内大溪河之南岸有白色的沙而得名，一说按其字意，意指洁白的水旁之地，所以取名为白沙。

清末民初，这里就有“小南京”之称。这个称号是怎么来的呢？

为了说清楚它形成的历史渊源，我找到了村支书吴勇。

“曾经的白沙人靠放排、山货和豆腐为生，大围山上的木材编成排，从白沙开始，沿四百里浏阳河，一直可以放到长沙，因而白沙村一度十分繁荣，店铺林立，犹如一幅清明上河图。‘小南京’也就被人们叫出来了。”吴勇娓娓道来。

此时内敛，原本张扬。

坐在我面前的吴勇满怀深情地向我讲述起他与白沙的故事。

2017 年 4 月 8 日是吴勇难忘的日子。这一天，他从一个做了十七年纸扎手艺的人正式成为一名村支书。别看他瘦高的个子，却是在商海里左右上下扑腾了十几年，光他这门手艺一年就能挣到 20 多万元。现在看来，这一切都好像是为后来的某一天，他突然被广大村民推选为村上的党支部书记做着准备——丰富的经营经验、良好的人际关系、一定的经济基础……那一年，他 37 岁，“责任”两个字从此如影随形。

吴勇上任之前就一直在思考一个问题，白沙有着独特的地理位置和条件，这里水好，古迹多，资源也好，怎样将这些元素串起来，做大做强最符合实际的优势项目呢？唯有旅游！

我告诉吴勇，现在朋友圈不时地有人发文：无须从梦境中去寻找，只要到了白沙，便是世人的一生痴绝处；江南的小桥流水人家，有了画卷的静美……写得很唯美，只是透过“圈”看，似乎还没有达到“火爆”的程度。

吴勇笑着说，这种“安静”正是当下他们乡村旅游打造的方向，他们要做的就是守住“白沙古村”这个美誉。

当他说完这番话，我并没有完全理解，甚至认为这是否是一种噱头。可随着后面走访的深入，我为自己的浅薄而惭愧。

踏着闪着油光的麻石，穿过悠长的古街，街头就是可以容纳 600 人的白沙剧院。白沙剧院于 1978 年按照苏联剧院的图纸建造，目前是浏阳市仅存的乡镇剧院。

万福古桥

“这边屋场美又宽，那边建起幼儿园，舞台超市卫生所，老人有了幸福院，环境美来空气鲜，日子赛过活神仙……”嘹亮的快板声和阵阵说唱声从白沙剧院传来。

循着声音望去，刚刚完成舞台改造的剧院焕然一新。台两侧是“白沙古村南方八省市首届京剧票友革命现代京戏展演”的演出照。一群演员们正在舞台上表演，歌颂着党的好日子。我心头一亮，一问才知道，这是白沙村自己组建的草根文艺队。这里时常会为游客上演本地乡村振兴文艺队表演的本土乡情节目。“演员”都是村里的老百姓，因为热爱文艺而聚在了一起。

文艺队队长王陆平，一位 66 岁大叔，每个星期总有那么雷打不动的几天，会在剧院和队员一起排练节目。别看他有点微胖，表演起来却一点都不逊色。他乐呵呵地说：“来剧院排练演出已是我们生活的一部分。这日子过得充实呀。”

真是有滋有味的生活啊！

据说浏阳音乐家协会即将把白沙打造成为“红色音乐小镇”。我忍不住想，今天白沙人文和旅游的自信无疑从一段段的历史，无论是古色，还是红色，抑或绿色就已经开始了。

在漫长的岁月中，地域基因发挥着它自身的精神，以一种螺旋式上升的方式显现出来。

谈及村上的发展思路时，他的话吸引了我。他说：“不能仅仅就发展来谈发展，我认为发展中有进展、繁荣、变化，更多却是重建。”

“重建！”我重复了一遍。

“对，修复乡村文明，才能重新找回我们过去的那种自信。”吴勇沉吟了一小会儿说，“村上依托大围山生态旅游示范区，正在将村级原有的‘古色’历史资源、‘红色’旅游资源、‘绿色’生态资源和特色‘白沙豆腐’等资源进行有机整合，精心打造‘四个一’（一台戏、一条街、一条河、一个屋场）。”

他缓缓地、悠悠地、娓娓地流水般讲述，让我意识到吴勇已经将自己的血脉和白沙村融为一体了。迄今为止，乡村文化一直是最质朴、最本色的文化，在很大程度上是人类文化的母体。重建，注定乡村永远是人类精神的原乡。

“目前，我们将旅游发展作为村级发展的价值取向，主推的线路是游麻石古街，看大溪河两岸吊脚楼，参观秋收起义红三团驻地（刘家祠堂）和麻衣古庙，到白沙剧院看本土乡情节目，品尝白沙豆腐全宴……”吴勇笑了笑对我说。

浏览、参观、品尝……这成为人们来白沙的日常。

一年时间，白沙村引进游客 1 万多人次，乡村旅游驶入了快车道。这一年，我们看到的是一种可以命名为责任与担当必达的精神。

聊起这些，吴勇很有感触。他说：“看着村民的日子越过越好、越来越富，我心里高兴，可身上的担子也更重了。”

沉思一会儿，他接着又说：“这是由所处的环境决定的，虽然村支书不是一个官，可坐在这样一个位置上，就必须去干一些带头人应该干的事情。”

看来，吴勇对于“担当”与“责任”这两个词的含义有着属于他的理解与表述。

一路上，每个遇到的村民都热情地和吴勇打着招呼。这是村民对他的肯定，也是对他最好的回馈吧。

就在我们即将要离开吊脚楼时，发生了一件意想不到的事——一位老爹爹闯入了我的视线里。

“乡亲们，听我这个老家伙一句话，国家为了我们老百姓奔小康，改善我们的人居环境，花了大量的心思，投入了大量资金来造福我们，俗话说，吃水不忘挖井人，我们理应感恩党和政府，不辜负党和政府对我们的期望呀。吊脚楼上晒衣服确实是件小事，都由自己做主，可晒了实在影响美观。我们想想，假如现在来了游客站在这里拍照，把我们晒的衣服裤子都拍进去了，多难看啰。要是这样的照片一发出来，影响了咱们白沙的旅游，那我们岂不成了千古罪人呀……”

一旁的我按捺不住，为这位老爹爹鼓起掌来。

吴勇告诉我，说这番话的是81岁的老党员廖能达，老人家经常在村上转悠，做一些力所能及的事情，发挥余热。

我问吴勇：“这样的事多吗？”

“很少。有时也会出现集体利益与个人利益相冲突的时候。”

日华朗朗，乐观的吴勇望着青山环抱的村子笑着说：“无论发生什么，都会有办法解决的，只要用心去做！”

接着，吴勇讲到了富民强村，“党支部+合作社+农户”的模式很重要。为达到村民增收和集体经济增长的目标，将发挥村级土地合作社作用，通过土地流转盘活土地资源，发展现代乡村现代农业，形成既可观光体验、赏花摄影，又可采摘游乐，还可吃住休闲的新型业态。村级土地合作社流转各组土地以种植优质大米、蔬菜等绿色生态产业，鼓励群众发展红哺鸡笋种植、浏阳黑山羊、蜂蜜养殖等特色产业，为村级产业兴旺奠定基础。

必须承认，此时我看到了中国共产党领导的政治优势，跟着支部走、带着群众干，党支部通过创办合作社，建立与农村党员群众的经济联结纽带，这是形成党群发展合力，为群众办实事的有效手段。

走访一直持续到傍晚时分，休闲的人们渐次离开。

不知何时，大溪河里停泊岸边的乌篷船缓缓穿梭在水中，伴着归鸟和落霞在河面上轻轻地划过。白沙在暮色中显得格外温馨和恬谧，让人乐在其中，让人有了熟悉感、归属感，让走近她的人都能感受到一种凝聚力，使人感知哪怕只是一天、几小时或者是一瞬间，也会有一种心灵的小憩，心的旅行。

下街坝

我感觉白沙的平和与安详足以让行色匆忙的路人将脚步驻留，让疲惫不堪的游客将足履轻放。当安静的地方越来越少，当浮躁的开发变成一种政绩换回真金白银的时候，白沙守候住了一份安静。这种安静不是简单的不动，而是闹中取静，动静相宜。

此时此刻此景深深地叩动了我的心灵。一旁的吴勇笑得很生动，那笑容中透着满满的自信和坚定。

二、豆腐时光

说起“白沙豆腐”没有人不知道的。这里的豆腐之所以好吃，源于大围山的水，制作出的豆腐吃起来豆香四溢，满口回甜。豆腐是白沙村的主导产业，传承了近百年的生产工艺，赋予了豆腐最独特的口感。如今，一方白嫩的豆腐做成了白沙村助力乡村振兴的“大文章”。

在现代作家中，不少人对豆腐情有独钟，曾专文写过豆腐。如梁实秋、周作人、汪曾祺等，其中汪先生对豆腐是反复咏吟、再三讴歌的可谓是独步文坛、别树一帜。一篇名叫《豆腐》的文中写到了北豆腐、南豆腐、豆腐脑、豆腐干、豆腐片、豆腐皮、臭豆腐、霉豆腐、豆腐乳、麻婆豆腐……侃侃而谈，娓娓道来，洋洋洒洒四千余字。正如舒乙先生所赞叹的：好看、有趣、雅致、有学问，洋溢着中华饮食文化博大精深的那种处处有学问、处处有讲究、处处有掌故的帅劲儿。

关于汪曾祺与豆腐的渊源是豆腐品牌湖南湘食神食品有限公司的老板戴仲球讲给我的。我想，眼前的这位戴老板还真懂文化，或许这正是他的企业能够越做越好的原因。

戴仲球中等个子，微胖，看上去憨厚谦和，谈起豆腐就停不下来了。

在戴仲球儿时的记忆里，他们家起得最早的永远是他的母亲。为了赶上人们早上做菜，为了白天有时间出去叫卖，做豆腐的永远要半夜就起来，等到天蒙蒙亮时，她的工作已经接近尾声了，等到其他人起来时，院子里已经飘满了豆腐的馨香，一些买豆腐的人已经来光顾了。

人们看到是水嫩的豆腐或金黄喷香的干豆腐，而从黄豆变成豆腐的复杂而辛劳的过程却是很少有人知道的。因为这一切都是在人们的梦乡中进行的，豆腐匠永远是寂寞的，陪伴他的永远是天上的星星、月亮和那石磨。

这些都成为戴仲球美好的回忆。

记得很多次母亲叫他起床帮忙磨豆腐，他都不愿意起来，那热乎乎的火炕、温暖的被窝好像一块巨大的磁石，实在是太有吸引力了。直到有天凌晨，他起来撒尿，看着母亲一边在为磨盘上添豆子，一边注意着磨盘下面盛豆浆的桶，还不时地看着那口大锅，怕豆浆糊锅。熬好的豆浆要一瓢瓢地舀到豆腐包上过包，豆浆滤到大缸里，渣滓多了，就要用沉重的豆腐夹子用力夹，以便把浆汁滤尽。这时母亲娴熟得就像架子鼓的鼓手，锣、鼓、镲一起来一样，添黄豆，提浆子，熬浆子，舀浆子，过浆子，倒渣滓，演奏了一出热闹的豆腐交响曲。瞬间，他觉得母亲太美了。于是他决心好好地跟着母亲学做豆腐，这一做就是二十一年。母亲的勤劳、诚信、创新、朴素、包容、智慧、清白深深地影响着他，而这也正是中国豆腐具有的精神内涵。他动情地称，母亲是他生命中最重要的女人，他曾想，如果有来世，一定要娶像母亲这样的女人。

“当然，现在环境条件好多了！”戴仲球感叹。

他领着我们来到了湘食神公司。在他的办公桌上整齐地摆着与超市、商场签订的合同书，以及销售情况的汇总资料。我翻看着这些由戴仲球亲笔记录的数字，感受着他的用心。

戴仲球办公室墙上挂满了耀眼的奖牌。其中长沙市农业产业化重点龙头企业、浏阳市良心企业、新型职业农民的荣誉足以说明白沙豆腐领头羊的功劳。从 2016 年开始，公司实现产值 4800 万元，通过种植基地种植黄豆600亩，辣椒400亩，基地的建设带动了周边农户500余户，为800余人提供了就业，平均为每户增收6000余元，发展“浏河李妈”一系列霉豆腐、香辣豆腐、红油腐乳产品。

从交谈中得知，“浏河李妈”品牌是以戴仲球母亲的名字命名的。

自古道，靠山吃山，靠水吃水。

戴仲球的母亲李妈世世代代都是以豆腐为生。相传明初时李妈的祖辈们和一批客家人为躲避战乱，从梅州一路迁徙寻找新的家园，途经江西时饥寒交迫，当地村民就给了他们一些黄豆在路上充饥，当他们经过浏阳大围山脚下时，深深地被群山环绕、河水流淌的景色所吸引，于是决定在这里建立新的家园。李妈的祖辈们从袋中将剩下的黄豆播进土里，待第二年黄豆长成时，他们用浏阳河源头甘甜的水源与大围山脚孕育的黄豆制成了豆腐。甘甜的水源与优质的黄豆辅以当地特产名贵香辛料，采用祖传独特的腐乳制作工艺，经低温自然发酵精制而成，制作出来的豆腐色香、味美、口感细腻，深受村民喜爱，后来，其名声逐渐传开。

据说，1927年秋收起义时，毛主席在白沙同学陈锡虞家中召开秘密会议商讨时，尝到了白沙豆腐，豆腐的鲜嫩可口受到毛主席的赞许。

我理解戴仲球的喜悦和自豪。

在生产加工厂，考虑到卫生，我没有进去，只透着窗户的大玻璃望去，室内整齐干净，工人们有的在看火添炭，有的在时刻观察锅里豆浆的温度，有的在兑浆水……原来，戴仲球他们的豆腐好吃是有理由的。这美味不仅源于自家种的黄豆，更重要的是一直保持着手工制作的工艺。做一锅豆腐要经过泡豆、磨豆、熬豆浆、去沫、过滤、点浆水、包豆腐、槽压成形等近十道工序，每一步都很考验功底。虽然这种传统手艺制作豆腐工序繁杂又耗时，但能保证豆腐的质量和口感。

从生产到加工、销售，戴仲球样样在行。“工匠精神制造产品”是他带领公司向前的方向。

“其实我没什么功劳，当初办公司，就是一门心思地想着把豆腐磨好，领着村民们一起干。干好了，乡亲们自然就跟着来了。咱们村举办的首届豆腐节吸引了很多游客，浏阳新力量，我为白沙代言！”戴仲球说。

这让我想起华为任正非曾和管理学专家、《地头力》的作者王育琨对话时所说的：“做企业像磨豆腐，磨出好豆腐给最亲的人吃！”话简单而又深刻，任正非认为专心致志做一件事，一个人一辈子能做成一件事，就已经很不简单了。

戴仲球说：“做豆腐也要有文化。我就是书读少了，前段时间，我又去长沙行政学院进行了三个月的学习。呵呵，还好儿子会读书，刚刚考入浏阳一中咧。”

他又呵呵笑了几声，头也不回地走进了加工厂。窗外奔涌的大溪河正欢快地流淌着，唱响家乡的赞歌。

第四章

剪得春光入画来

行走的村庄

道不尽的苏故

为有源头活水来

有一束光

行走的村庄

一、梅田湖春暖花开

其实初见梅田湖是好几年前了。

2014 年，在浏阳市全域旅游启动仪式的油菜花海中与她相逢，由于当天有工作在身，并没有好好领略一番，只是印象中记得这个村庄是浏阳第一批美丽乡村，并且在发展乡村旅游方面是走在前列的。

后来不断地在电视、报纸、微信等各类媒体中看到她成长、壮大的身影。这么多年来，梅田湖一直在用自己独有的、傲娇的姿态向前行走。

无论多么辉煌的历史，都是由细节构成的。此时，我坐着车风驰电掣地向着这个知名旅游乡村进发，为的是寻找乡村振兴中一些有重大意义的细节。

梅田湖，太出名、太火爆、太飒爽，以至我有些“胆怯”，怕一不小心就把它写“坏”了啊！没想到——

一不小心，我走进了遐迩闻名的松山屋场。千亩油菜基地、四季果园，各色水稻种出艺术作品……使这里成了国家级美丽乡村标准化建设的

水库风景区

样板，成了乡村旅游炙手可热的网红打卡地。

一不小心，我走进了皇龙峡生态旅游开发景区。森林漂流、皇龙大峡谷、浏阳首座5D高空观光玻璃桥、玻璃滑道、返璞归真研学旅行基地。碧绿原野之上，让人仿佛置身一处活力四射的动感地带。

一不小心，我走进了一部村庄启示录。翻开它的封面，我们看到，一个个鲜活感人、发人深省的故事证明，人民是创造历史的主体力量，村庄是改变历史的巨大力量。

有人说，村庄是中华民族文化的载体，村庄是每个时代的重大主题，村庄是缔造伟业的力量源泉。读不懂村庄，就无法读懂中国。这番话一点都不夸张。

进入梅田湖村，在青山绿水之间，在阳光的映照下，万亩稻田秧苗青青，水稻观光园中，拼成美丽图案的稻苗正在返青。放眼望去，干净整洁的沥青公路、纵横交错的灌溉沟渠、错落有致的民居楼正展现着梅田湖村原有的富有识别性和归属感的家园图景与生活环境。人们陶醉在这种改天换地的气概中，从外省到地方，来参观、学习、旅游的人太多了，停车场上总是满满登登停着各类车。

通过一组数据，我们可以很好地看到梅田湖村走在时代前列的足迹。

2020 年，接待 58 批学生共 51225 人次，实现营业收入为 516.73 万元，净利润 202.9 万元，发放农户分红 170.19 万元，第二次消费及第三产业带动收益为 500 多万元。

2021 年，接待游客 48 万人次，预计年增长 10%，旅游年收入 5760 万元，旅游从业人员 590 人。

油菜花节，接待游客 12 万人次，为当地带来经营收入 500 万元。

稻草艺术节，接待游客 20 万人次，为村民带来经营收入 300 万元。

百亩荷花园，日接待量高峰期达 3000 人，带动村民 260 万元。

…………

回看党的十九大报告提出的“乡村振兴战略”，全面对标从粮食生产到提高农民收入等各方面的具体细化措施，它是解决“三农”问题，最终全面建成小康社会的必然动作。

梅田湖怎么能不让人神往呢。

二、姐妹花与研学实践基地

说起梅田湖村，就不得不提梅田湖研学实践基地，可谓是无人不知，无人不晓。创始人是一对姐妹花，姐姐汤腊梅主内，妹妹汤宝连主外。

两个女人演绎着闪着光亮的梦想。

汤腊梅是浏阳永和嫁到梅田湖村的媳妇，在浏阳城里做水暖器材生意，并且经营得还不错。

研学实践基地花海丛中

那是五年前的“七一”，梅田湖村周峰书记带着村上的全体党员来到长沙浔龙河小镇和开慧小镇学习。汤腊梅看到宜居宜业、宜游宜商的美好田园生活方式及生活空间时，内心久久没有平静下来。

在回来的途中，周峰问汤腊梅有没有想法，利用梅田湖资源，带头来发展乡村旅游？这一番问话让汤腊梅想到梅田湖屋场内铺天盖地的油菜花田、四周环绕的整齐民房、从村民手中诞生的稻草人……她感觉人生中最好的时代机遇在向她招手，此时不甘于现状的她蠢蠢欲动。

回到家中，她一连好几个晚上都没有睡着，想着党组织的召唤，她的内心一刻也没消停过，总像在酝酿着什么。她终于无法抑制自己，做出了一个大胆的决定：转手店面，创业成立研学旅游实践基地。

“你的生意做得那么稳定，甘心放下吗？”我问。

汤腊梅笑着说：“我不甘心在琐碎而单调的生活里消磨一辈子。”

“可研学对你来说，毕竟是一个完全陌生的领域呀。”我追问。

她说：“是的。但我对它有兴趣。”

我没有接话了，有太多的创业者都是基于兴趣开始的。

当时，梅田湖村以美丽乡村建设为契机，村级人居环境、基础设施得到全面提升。特别是每年早春，松山屋场染上片片金黄，层层田地的油菜花错落有致，散发出耀眼、奔放的金色光芒，展现出来的蓬勃生机以势不可挡的气势赢得所有人的心。那阵势是张扬，是兴奋，是激情，也是对理想的代言！

然而油菜花的花期短，产业链不够长，一花独放，使得“油菜花经济”存在短板。周峰敏锐意识到“一花独放不是春”，他期待和寻求百花齐放，春暖花开。

汤腊梅研学旅游实践基地的想法与周峰一拍即合，不得不说周峰慧眼识珠。

说干就干，汤腊梅叫上在外面开瓷砖店兼做销售的妹妹汤宝连来梅田湖共同发展。凭着“我是党员，有责任带头闯一闯”的信念，她们于 8 月 16 日建立了梅田湖松山旅游开发有限公司。第二年，她们又向长沙市教育局申请到了中小学生研学实践创建基地。

当天晚上，她们就召开了全村会议，会议由周锋主持。在会上确定了“村级+公司+农户”的经营模式，可以说这个基地是当时长沙唯一的一家。当天来开会的有 86 户人家，只有 16 户人家签订协议，其余的都在观望中。

一系列研学课程开发落地了，开设《渔猎耕织》《乡村调查》《家风家训》《非遗传承》等九大课程。对于这样的优质课程，主攻营销的汤宝连信心满满。可当她来到长沙，跑遍了所有市场，她才意识到，研学还并没有真正被大众所熟知。凭着多年的营销经验，她终于拿到了第一单，可也是当年仅有的一单，一个来自培训机构四十余人的业务。此后研学基地一连沉寂了大半年。

看着空落落的基地，农户们着急地、不停地向她们姐妹俩打听什么时候会有团来。

那段时间对汤腊梅她们姐妹俩来说是比较难的。每当夜深人静，汤腊梅便独自一人漫步村头，望着漆黑寂静的村庄，任万千思绪随着哗哗的河水流向深远的夜空。汤腊梅想着万一研学项目没做成功，她和妹妹大不了重新来过。

卡耐基曾经说：“我们若已接受最坏的，就再没有什么损失。”是的，当人想到最坏的结局，似乎一切都不再惧怕了。

与其苦苦等待，不如修炼内功。接下来，姐妹俩着重针对薄弱点开启对农户新一轮的培训学习，食品安全培训、消防安全培训、接待业务培训……

当你把内功修炼好了，自身能量稳了，身边的资源就会源源不断地向你靠拢，好运自会不期而遇。

随着教育部等十一个部门出台了《关于推进中小学生研学旅行》的意见，标志着中国的研学旅行开始慢慢成长。在经济发达地区，研学活动如雨后春笋开展起来，越来越多的人了解和认识了研学。研学成为让孩子走进自然，锻炼动身能力，体验兴趣爱好的快感、表达自我情感的一项新的教学内容。

2018 年，研学的春天真正到来！一个广度、深度难以想象的市场如一轮庞大的云朵，向梅田湖徐徐飘来。汤腊梅姐妹俩果敢地摘下这朵云。这年，他们接待近 4 万人次，分给农户 130 多万元。

现在公司占地 800 亩，设有国学传统文化、自然观光游览、红色旅游研学线路，拥有草地广场、种植园、渔猎体验区、竹筏体验区舶、稻田公园等，不仅延伸链接周边特色旅游资源，还先后与 51 户农户建立利益联结关系，与全国各地旅行社、学校、教育部门等 20 多个合作单位建立战略合作关系。

我和汤腊梅边走边聊。她带着我来到“十号农嫂”毛桃英的蔬菜地，毛桃英指着那紫嫩肥硕的茄子、又细又长的丝瓜、玲珑剔透的圣女果，喜笑颜开地说："我家的菜园一年四季都有新鲜的蔬菜，那些来研学的孩子们最喜欢来我们家。"她扳起手指算账说，"每年除了研学这部分收入，还有在家制作山楂、炒米等农家土特产，可别小看这些自家货，游客们喜欢得不行，再加上丈夫种植花木，每年收入已超过10万元。"

毫无疑问，这种"村级+公司+农户"模式之下的农民收入会更多样化，农产品附加值也会更高。

"做最全面、最专业的研学旅行基地，成为有内涵、有文化的研学品牌。"汤腊梅告诉我，梅田湖村是一个品牌，但现在还远没有实现它的价值。她希望用一生的精力去努力，将梅田湖文化推广至全国，让乡村文化走进更多人的生活。我相信她的雄心壮志，犹如相信她当时开发研学的自信感觉：在梅田湖村的这六年，心灵达到了在外面至少要十年才能达到的丰盈与高度。

在我走访的这个午后，汤宝连一直都在接待来访者，直到黄昏她才走进屋内，坐下来喝口水。

当她知道我的来意后，顾不上休息，走到墙上张贴着研学实践教育基地农户的接待数据栏前，讲述着这些数字的来之不易。她穿着一件杏色的上衣，端端正正地站着，沉稳干练又稳重大方。

听说，她刚带着两位农嫂从北京央视农业农村频道录制《大地讲堂》之"乡村富裕密码"节目回来。

她笑着说："这是一次难得的学习成长。农嫂子她们经历了很多第一次，第一次去北京，第一次坐飞机，第一次坐地铁，最重要的是第一次上央视。看见她们一路上欢歌笑语，我很欣慰。"她有神的眼睛里有歉疚，有关爱，但更多的是对美好生活的向往和热爱。

聊起营销，她很专业。原来，从开始打造研学项目以来，每年她都要花好几万元去南京、杭州、长沙等高校学习沟通技巧之类的课程。

她说："文旅项目成功与否，不仅要看项目本身的资源整合、定位准确、个性突出，还要看营销渠道的拓展，以及长期经营培育的信心。

这是一个艰辛的过程。在起初遭遇研学基地的冷清后，汤宝连便天天带着土特产，硬着头皮去拜访各个旅行社希望他们承接。跑市场不被认可，没关系，那就把他们请到基地，看看实景。她没日没夜地跑着，不是在旅行社讲解着研学的教育意义，就是在屋场、体验区等地展示着特色亮点。终于，市场打开了，学生来了。汤宝连实现了2017年年度总结会议上的承诺：2018年接待学生48623人次，到2019年达到了90216人次，给基地和农户交上了一份满意的答卷。

她告诉我："研学高峰期，每天2万多步不是梦。所有人员都是早上6点上班，晚上12点才下班。经常早上起来的时候小腿都是抖的，脚都是胀的，要走几步后才能适应。"

最让她难忘的是培训农户。起先，农户们别说基本的礼仪，就连简单的自我介绍都不行，常常紧张得发抖，或是不知所措。后来，她想到自己曾在小学五年级演讲时的经验，在紧张的时候，用自己的脚趾头透过鞋面使劲抓地，这样就能站稳，人一立稳了，自然就不紧张了。

我笑着说："这是'宝连法典'。"

这几年，她收获的荣誉很多，国家关工委双带农村优秀青年、长沙市最美青年企业家、长沙市十佳乡村振兴领头雁、长沙市青年岗位能手、浏阳关心下一代工作突出贡献个人、浏阳首届五四青年奖章优秀义工……

谈及公益，也已成为她无法割舍的事业。她身体力行，带领志愿服务队伍扶贫助困、送物资、疏导交通、助力高考；她组建梅田湖研学实践基地志愿队，哪里有需要，哪里就有她。在这条有爱的路上，她已经做了八年。

说起她正在读初中的一对双胞胎女儿，母亲的温柔写满脸上。虽然她照顾得不多，但她执着向上的精神深深地影响着孩子们，这一对女儿读书很用心，几乎不用操心。俗话说得一点都没错，父母就是孩子的一面镜子。

“未来的路还很长！”宝连说，“乡村振兴不仅仅是让村民的腰包鼓起来，更是让人的精神层面亮起来。我知道自己的路走对了。”

三、灯光下的乡村与乡村人

乡村，灯光，人。

行走在夜间的梅田湖村，到处是光的海洋，绚丽灯海与乡村田园风光交相辉映，一个个造型各异的灯组流光溢彩，宛如彩色云霞，置身其中，如同走进了梦幻的海洋。很难想象这是生活在我们这座城市的一个小村庄。在惊叹、陶醉间，我开启了首次的夜间走访，探寻乡村夜经济。

村部副书记周才艳自信地讲解着：“梦幻灯光网红打卡，推动‘三间经济’的发展，催生夜间经济的有效举措……”听着他的讲述，我发现，无论是村干部，还是村民，在谈到乡村的发展，都是那么自信满满、神采奕奕。

乡村振兴意味着什么？仅仅是让农民的腰包鼓起来吗？显而易见，还有更重要的，那就是让农民从骨子里真正地自信起来，能安居，能乐业，成为乡村振兴的最大受益者。

停下脚步，透过夜色和灯光环顾四周，宽阔的路面两侧是农舍，其中许多是翻新不久的新楼，一派欣欣向荣的气象。夜色总是灯光最好的衬托，就如一头乌发衬托出了姑娘秀美的脸庞，璀璨的灯光照亮了田园，照亮了小河，照亮了灯光下人们的笑脸。

各色的灯光围成了长长的“时光隧道”，美轮美奂，流光溢彩。七彩的光儿闪烁着，黄色、绿色、红色、橙色……时时变幻。孩子在这里追逐，大人在这里流连，连老人也要自拍几张。走在这长廊中，头顶彩环，脚踏星光，情不自禁地想起某个美丽的夜晚，人便悄悄地笑了。这灯光下的人啊，脸上的笑容都不知被放大了多少倍。

夜色越浓，游人越多。那灯也越发努力地亮着，它们都在争奇斗艳，用魅力吸引着游人的目光。平铺在泥土上的彩灯沿着长路延伸，恰似风中飞扬的一抹丝巾，唯美、优雅，叙写着乡村的华丽色彩。

此刻，我享受着浏阳最绚丽的灯光秀，享受仰望星空的惬意，享受美好时代的获得感。

漫步灯光下，看着一个又一个景点，走过一个又一个造型各异的灯光通道，看着兴奋的孩子，以及呢喃的青年，我分明找到了内心的平静。远离城市的喧嚣，回归田园的纯朴，那些生活的精神都在这里繁衍。

在这里，最美的并不是灯光本身，而是田园的香气和泥土的芬芳与华灯相互映衬着，带给我们家的味道和心的享受。在这里，灯是艳丽的，心是平静的，人是惬意的。

有那么一会儿，我没有说话。我在想着这是怎样的一群人？他们是如何做到这一切的？

周才艳似乎看穿了我的心思，他告诉我："这一片灯海是旅游扶贫的硕果。依托省级移民整村推进产业发展项目做大休闲旅游产业。全村 190 户 637 名移民，成立移民合作社和公司，形成了村级引领、项目公司化经营、全体移民参与的创新模式，打造紫阳湾移民合作景区。公司采取融入村级集体经济股份，全体移民自筹资金及移民整村推进，创建梅田水库坝下 180 亩的紫阳湾移民合作景区。"

"这个梦幻灯光网红打卡地就是合作景区的？"我忙问道。

周才艳笑着说："对，这仅仅是其中的一小部分。还有花海迷宫、鸟类科普公园、亲水小漂流、七彩旱滑体验、草地充气城堡和游乐设施乐园等八大主题田园综合项目。等一下我们都可以看到。"

这一刻，我的思维停滞了，一时竟找不到完美的词语来表达自己的心情。只想说，让乡间"火"起来，让夜间"亮"起来，让网间"红"起

紫阳湾亲子基地夜景

来，梅田湖村做到了！

据国务院办公厅印发《关于进一步激发文化和旅游消费潜力的意见》，其中“夜间经济”被提到醒目位置，而这个词也出现在了不少地方新一轮的促销政策中。

目前，全国各地的乡村也都在积极探索，寻找适合当地发展的乡村“夜间经济”模式，以此来提高游客在乡村的参与度和逗留的时间，让游客日有所看、夜有所乐。

越来越多以“夜”为时间节点的乡村经营模式正在悄然兴起。有业内人士指出，点亮乡村夜生活将是有效带动乡村休闲旅游等产业发展、拓宽村集体经济和百姓增收渠道的重要手段。

望着斑斓的灯光后隐约显示的屋宇繁密的镇子，我油然感觉可亲。那一束束灯光正如慧眼一样，照耀着我们寻找乡土的路程。

那么，梅田湖究竟是如何发展乡村“夜间经济”的？

事实再一次有力地证明生态环境是生产力，保护生态环境就是保护生产力。

梅田湖的优势就在于生态环境好、自然资源种类丰富。发展乡村“夜间经济”充分利用了乡村自有特色，以乡村传统文化和原乡风貌为依托，构建夜游、夜赏、夜食、夜购、夜宿这“五夜”产品体系，让游客实现乡村夜生活的全方位沉浸式体验。

我察觉出梅田湖乡村夜间经济的三个关键点：一是推进绿色生态保护和发展；二是盘活乡土特色资源；三是尊重村民，以人为本。

我们有理由相信，随着乡村旅游的持续火爆，乡村的星空下也将灯火绚丽、游人如织、欢声笑语、异彩纷呈；我们也坚信，“夜间经济”的灯光一定能点亮寂静的乡村，也会有越来越多的乡村踩上“夜间经济”发展的步点，成为乡村振兴发展新引擎。

这次梅田湖村之行，原本是要好好采访周峰书记，可他正在忙着申报全国乡村旅游重点村和最美河流村。

瞧，他在项目基地忙碌着，不时有路过的群众热情地和他打着招呼，他点着头或挥手回应着。这是最真实的场景，没有任何策划和安排的成分，村民们的热情是由衷的，是从内而外的最朴实的表达。从中也可以看出，这位书记是深受群众喜爱的。

当我挥手与他再见时，他无奈地说：“我的时间不受我控制。”

我为他高兴，为汤腊梅姐妹俩高兴，更为梅田湖村高兴。乡村振兴就在这儿——在实现中华民族伟大复兴的路上，谁都无法阻挡。

一个行走的村庄，一个行走的姿态，足够让她春暖花开！

道不尽的苏故

一、千言只为相逢

去苏故之前就已经有人很多次跟我提起它。缘由是和北宋文学家苏轼有关，且渊源颇深。

“故”即为旧事、往事之意，苏故即“苏轼曾经留下的故事”之意。宋绍圣元年，苏轼贬谪惠阳，行经处，一河阻隔，累及农夫，捐银筑桥，曰“官桥”。夜宿河下，乘兴泛舟，“白露横江，水光接天”，始忆昔年游赤壁旧事，哀平生须臾，经年左迁，不胜唏嘘，遂手植二樟。经千载、历四季，其木“上葳蕤而防露兮，下泠泠而来风”，乡人甚喜，感苏子之惠，乃呼植樟处曰“苏家坊”“苏故”。

这给我留下了无尽的猜想，不禁有些欣喜雀跃。

可很快，我又隐隐地有些担忧。厚重的历史文化底蕴需经长期的薪火相传、积淀凝聚，方能厚积薄发。在乡村建设的热潮中，我们见过一些新乡村的改造，各种各样，好坏参半，有些甚至很商业化，原汁原味的文化被弄得面目全非了，我是否能如愿以偿地挖到自己想要的素材？

我心里不踏实，和官桥分管宣传的廖冰联系，她肯定地说：“来吧，这儿有很多看点，能够激发你对生活的全部热爱。”

这句话一下就打动了我。将平凡的日子过得有滋有味，过得热气腾腾，发现不同样态下不同的自我，找寻到生命内心的广袤，是一件无比惊喜的事，就像意外收获的糖果。

这一切像河流奔腾的水，在我心里翻滚。

苏故，我决定，穿过涧江河，去看你。

那天，苏故以它温婉的雨水迎接了我们。

4 月，春末。雨，点点落下，温暖而又富有节拍，可爱着，期盼着。

关于苏故，当地还流传着这样一种说法：历史悠久的古桥因在苏故村而得名。后不幸被一次百年不遇的洪水所毁。于清朝初期重建，后乾隆皇帝微服私访下江南期间，随身的护驾乘坐官轿途经此桥，声势浩大，盛况

古官桥

空前。当地百姓盛传有大官到此，一时众口相传，名震八方，遂改名为官桥。尔后该名称流传至今。因而有人说是先有苏故，后有官桥。

其实不管是哪种说法，都掺杂着人们对美好生活的情愫。对于乡村文明、历史文化，这方土地是富有的。可由于地域的原因，官桥位于浏阳最西端，距浏阳城区 70 公里，与株洲、醴陵市接壤。曾经是“自己管不了、外人不敢管、政府不想管”的“三不管”地区，经济发展十分落后。

或许正是文化积淀的深厚，让苏故村不甘于贫穷和平凡。由贫到富到强，从无到有到红的蜕变可有迹可循？

苏故的程争林书记打来电话告诉我们，他在镇上办事，要我们到镇上等他。见面简单地寒暄后，就见他忙前跑后，看来是一位实干家。

回到村上，刚走进大楼，墙上富有艺术和文化气息的乡村振兴战略的宣传版图吸引了我，上面有一行字特别显眼：“谱写新时代乡村发展新篇章。”一股底气与豪气涌来，看来，这地方是来对了，之前隐隐的担忧也随之消失了。

这个村在 2009 年至 2014 年被省定为贫困村的地方，2015 年成功实现贫困摘帽，2017 年以前，集体经济收入几乎没有，到 2018 年达到 20 万元，2019 年达到 40 万元，2020 年达到 90 万元，一跃成为耀眼的明星旅游村。蝶变的不仅仅是生活，还有人生、生命的价值。善于思考、勇于实践的苏故人开始了逆袭与跨越。

“为班子感动。”这是程书记讲得最多的一句话。因为他刚刚来接手村支书还不到一年。他感谢原书记潘长武和村支两委的人员给他打下了良好的根底，让他有更多精力考虑乡村的发展，而不用为柴米油盐捉襟见肘。

他的话给我留下了极为深刻的印象，并刷新了我对为官一任，处理好前任和现任的认知与理解。

于是，我们叫上了潘长武和宣传干事熊泽鑫开始了苏故之旅。

潘老是连续两年的人大代表，虽 60 岁出头，可一点儿都看不出来，他思维敏捷，口吐莲花。小熊是一位年轻女孩，这一老一少聊起苏故，神采奕奕。

“这条就是涧江河。瞧，河面起雾了。”小熊喊道。放眼望去，粼粼水波，飘飘忽忽，一路蜿蜒，真有如登仙境的感觉。

潘老告诉我，涧江河是苏故村乃至官桥镇居民的母亲河。所有的故事都得从苏故村盘活山水资源、开办旅游休闲度假区开始说起。

这条河全长 8 公里，穿村而过。二十多年前，人们在涧江河里淘金，得到了财富，但是生态环境被破坏得很厉害，河道伤痕累累。作为当年淘金热的亲历者，说起这些，潘老历历在目。“呵护生态，保护母亲河”变为全体村民的共同意愿，通过疏浚河道、修复河堤、栽种树木花草、成立党员巡河队等措施，使涧江河的情况得到改善。

“呵护涧江河，守护蓝天碧水”是迈向美丽乡村建设的第一步。

七十多天后，美丽乡村的雏形出来了。2016 年争取到了长沙市美丽乡村示范村。环境改善了，接下来发展集体经济，采取资金众筹，成立了浏阳苏故旅游开发有限公司。全体村民以河流水域等公共资源为股资，入股苏故村旅游休闲度假区，实行按股分红，让“资源”变成了“资本”。采取“公司+集体经济+农户”模式，以涧江河为主轴，打造竹筏漂流、垂钓、露营、穿越丛林、千年古樟祈福等十余个项目。短短几个月时间，就给苏故村带来了可观的经济收入。

古桥静默在河面上，桥上有一座金色典雅的官轿，栩栩如生、庄严肃穆的大将及随从，人与物颇为生动形象的设计完美地再现和还原了当年官轿经过的盛况场景。虽然仿古的桥面是近年才修的，但桥面下四个大石墩却是有着一百多年历史的老桥墩了。

走到桥头，轻轻地抚摸着古樟树的纹理，它与河与桥就这样在此相遇，在此相逢，它们作为最坚固的存在，共同守护这方土地，共同庇佑官桥的子民。

潘老一路讲着。突然，他弯下腰，原来桥头的水泥隔离墩不知为何被移到路旁来了，他试图把它推回到原来的位置，可墩子太重，纹丝不动。于是，我们几人合力将它还原了。完了后，潘老转头冲我一笑，说：“我们继续。”

就在我们快赶到竹筏漂流口时，雨突然一下子大了起来，噼里啪啦，我们却没有准备停下来的意思。我对涧江河的竹筏慢漂早有耳闻，每一个到访过官桥的人都对慢漂赞不绝口。浏阳的漂流在全省是小有名气的，以险滩迭起，刺激、逍遥吸引了众多游客，而慢漂为何更能吸引人呢？这让我一直想来探寻它的魅力所在。

我们穿行在雨中，潘老见状，二话没说帮我们举着伞，护着相机，一阵温暖袭上心头。

等我们到达漂流码头，雨已经停了。几只白鹅在水中惬意地拍打着翅膀，几位从江西过来的姑娘刚刚从民宿出来，试图说服漂流的负责人，希望趁着雨停漂流。为了安全起见，最终负责人没有答应姑娘们的要求。姑娘们并未遗憾，笑着称：“明天不下雨就过来。”说完，她们拿起了手机，互相拍起照来。

我迎上去，问道：“为何你们对慢漂如此感兴趣？”

姑娘们灿烂地回答：“慢有慢的味道呀。坐在竹筏上，就是那么闲适、自在、舒服。”

大自然为官桥献上了无尽的爱意。两岸碧水青山，柳枝拂水，泥土清新，激发了都市人某种怀念感，给心灵多了一份润泽。小小的竹筏串联起山、水、人的情感，如同一叶方舟，承载过去，驶向未来。

沿着涧江河一路行走，我们又来到了露营地，吊床、老船、木桌、河流……一切都是这般和谐。这诱人的景观和物件携带着村落的朴实，传递着一个努力向上的乡村崛起的模样。

竹筏漫漂

小熊兴奋地说："《天天兄弟》也到这儿来录节目了！"眼神里透着的都是得意和骄傲。

伫立在涧江河旁向远处眺望，眼里除了天、地、山、树，还是天、地、山、树。除了一片安静，还有一片静寂。我在这一片一片的静默里，看到自然之物在时间维度里加以叠加，拼贴成每个人心中的景象，满足了人们自我观看的方式，愉悦、失落、兴奋等情绪得到最大限度的释放。原来这是竹筏慢漂之所以被人们青睐的缘由。

现在夜间竹筏慢漂已被列入十佳夜间经济示范点了。

忽然间，一辆从上海开往昆明的高铁飞驰而过。其似乎要将这方土地上行进或裂变的华彩向世人讲述。这是一条通向远方的路，是村民理想中的诗和远方。

我想象着，如果苏轼在，畅游苏故的山水后，或许会写下一篇《念奴娇·苏故怀想》。

“热爱生活吧!”这句话在我的心间萦绕。

对于这个话题，答案肯定会有万万千千，但我坚信，官桥有一种魔力，让来到这里的人拥有一颗永不停止热爱生活的心。

所有的美好都悄上心头。

二、我在苏故有块田

从城市到田头，从高档小区到农家房屋，从繁杂琐碎、车水马龙到回归自然、田间劳动，我看到了人们对田园牧歌式生活的向往。

夜来南风起，小麦覆陇黄。

妇姑荷箪食，童稚携壶浆。

在苏故就有这么一个地方，呼吸着大自然的负氧离子，汲取四时自然精华的滋养，一两栋土房，三四块池塘，五六个农夫，守护着数百亩的农田，精心呵护着瓜果蔬菜、五谷杂粮。

“我在苏故有块地”被誉为“开心农场”。这是2020年苏故旅游风景区和世旅集团合作推出来的新项目。苏故村将闲置的土地租给世旅集团，设立了“线上”“线下”相结合的模式，以“互联网+叫卖”线上直播“认领菜地”的方式来吸引更多消费者。消费者可以通过下载注册APP或者微信小程序支付一定费用，这样就可以选择一块属于自己的私家菜地，可由村民帮着种植，也可以自己做一个虔诚的田园种植者，充分享受悠闲欢乐的农场时光。

走进开心农场，“世旅集团苏故农夫菜园自种采摘体验基地”的牌子很是醒目。远远望去，山水之间的那一块块田地，阡陌相交，碧绿澄澈。分割成小块的农田连成一体，每一块田地都立着一块木牌，上面写着：7号菜地。

后疫情时代，以网间动能驱动乡间经济在场景创新中瞬间出彩。“万物皆可播”的直播经济为所有人提供了多元化的卖货空间与叫卖情景。

“亲们，这是一块10平方米的菜地，租赁价299元每季度，预计每季度产出蔬菜300斤，现在种下了茄子、苋菜等秧苗，预计最快一个月便能吃上新鲜绿色的蔬菜，长沙范围内免费送货到家。所见即所得，宝贝们赶紧与客服联系啊。”

这是2020年4月13日，一场“我在苏故有块地”活动直播带货中的叫卖情景，当时吸引了2000余人同时在线观看。当天两小时的直播获得2万人次点赞，100余块菜地被“抢”认一空。

耕种、施肥、采摘。“不用化肥、不用农药，我们会根据客户的需求种植相应的蔬菜，从种植到打理都由我们来完成，不需要客户操心。近的地方，成熟后会给客户寄过去，多好的事啊，大家都受益。”代管种植的村民刘师傅津津乐道。他帮着来自长沙的谢女士种菜有一年多了。

浇水，播种，探索。每一种体验都是那么畅快和享受。浏阳的彭先生是实足的城里人，可一直有着田园情结，总想找一个安放自己的地方。通过来苏故游玩和实地查看，他认购了一块地。不过，理想虽美好，但现实很骨感。彭先生说：“在最初选择这块土地，是由自己来打理，可当真正回到田头时，庄稼人的艰辛显然超过了我的预期。菜生病了怎么治、土地缺养料了怎么补……一个个问题搞得我头都大了，无奈，只得请教‘老把式’，采取半托管方式，即平时由村民代为照看，一到周末，就带着家人和孩子驾车来种植蔬菜。”

在开心农场里，亲手为家人和孩子播下幸福的种子，让最朴素的泥土生长出最天然的春华秋实。彭先生觉得这个城市农夫很有意思。

对于这个项目的意义，程书记有着深刻全面的认识：“所谓的‘开心农场’，实际上属于一种共享农场的形式。这种项目的出现大大扩展了生态观光的面积和游客停留的时间，满足了很多城里人想要体验农耕的需求。更重要的是，村民们凭劳动和汗水赢得了收入，土地流转分红实现了增收。城里人花钱买到了健康的蔬菜，还可以兼顾游玩，促进了乡村旅游，达到村集体与村民增收的目的。”

在我们的交流中，不远处人声喧哗起来。

原来是某幼儿园组织的亲子活动来到了开心农场，孩子们的欢呼声中充满了按捺不住的兴奋和喜悦。农场负责人告诉我，常常有学校来这里组织开展各类活动，没怎么做宣传，都是口口相传，慕名而来。

我放眼美丽的苏故大地，一块块希望的田园梦想即将被新的主人认领，一块块珍贵稀有的良田即将被抢购一空，一个个放心开心的都市美食梦想即将绽放餐桌。想到这里，我笑了，感觉自己有在打广告的“嫌疑”。

记得丘吉尔说过：“我没有别的东西奉献，唯有辛劳泪水和血汗。”一分耕耘，一分收获。它需要人们用毕生的精力和心血经营属于自己的那份土地。

三、涧江河的传说

任何一个生命都与河流有着密不可分的瓜葛。

在去官桥苏故之前，我不知道涧江河是一条什么样的河，仅仅只知道它是浏阳河的分支。可在经过两天的走访后，我深深地感受到了苏故的风韵和气质，过去和未来，都在涧江河这条流域上。

涧江河是官桥人的眼睛，涧江河里的水是昔时乡土太浓的伤感。

时光回到 20 世纪 80 年代初至 90 年代初。涧江河里挤满淘金者，当地人开始在涧江河里淘金。最开始是手工淘，就是潜到水里取河沙，再放到木制的淘金盆里淘洗。

眼前，诗人刘禹锡的《浪淘沙》跳入脑海：“千淘万漉虽辛苦，吹尽黄沙始到金。”千淘万漉滤尽泥沙，最后才能得到金子，可见淘金对生态环

秀丽的石坝

境的破坏有多大。

据介绍，后来淘金者有了专门的淘金挖斗，一条船带设备抵得上 70 个人的工作量。在当时，一克沙金能卖到 30 多元钱。运气好的话，一天可淘到一克，当时农村出一天工才几毛钱。高额利润的诱惑，使得涧江河里聚集了大量淘金者。20 多公里的河里挤挤挨挨都是船，密密麻麻都是人。涧江河淘金最疯狂的时期，几乎家家户户都参与。失控、无序的挖沙淘金很快带来了恶果：河道千疮百孔，河水污浊不堪，两岸农田也被大量毁损。

20 世纪 90 年代中期，政府开始全面整治河道淘金行为，“淘金热”开始“退烧”。村民大多靠外出打工或从事传统养殖业养家。当时又出现了几乎家家户户养猪、养鸡的场面，非法排污，加上之前过度捕捞等行为，导致涧江河生态再次遭到破坏。

“必须养好一河清水”，镇政府带头人发出呐喊。采取“禁、治、养”三步走的方式改善涧江河生态。涧江河以自己的柔性穿越一道道狰狞的岗岩，终于展现了它的美。

沿着涧江河岸行走，绿荫覆盖，鸟语花香，听风生水起，感受纯真的呼吸。这实在是一条美不胜收的河。其实苏故的灵气也全在这条河上。

涧江河发源于醴陵官庄水库的小河，流经官桥镇全部 7 个村（社区），最后汇入浏阳河，全长 24 公里，其中 8 公里流经苏故村。此外，苏故村有 2 个水库、80 多口山塘，是官桥镇水资源最丰富、生态资源最好的村庄。

河水清澈得容不得一星半点的杂质，连鱼儿的身体都呈半透明状。几个村民正在整理竹筏，为游客夜晚漂流做准备。来到垂钓基地，有几位钓友们正在垂钓，水面波纹细密，似乎把怀揣的秘密一道一道晾晒在了阳光下，闪闪发亮。我静静地看着，没敢上前打扰他们。渐渐地，眼前幻化出当年人头攒动的画面。

在苏故村举行的钓鱼比赛有浏阳市级，有全省的，还有全国性的，且举办过钓鱼赛事 30 场，是长沙首个“垂钓小镇”，共有十多个垂钓基地，其中包括两个高标准竞技池、湖南省第一家标准化垂钓竞技中心，省内外的钓友争相而来。

望得见山，摸得见水，绿树掩映，鲜花盛开，蓝蓝的天上，白云悠悠飘着。这条名不见经传的河流终于更加广为人知了！

从苍苍莽莽走来的涧江河滋润着两岸一代又一代的儿女。在苏故的这个小村庄上，可以说，有多少人，就有多少与河有关的故事。

2017 年，村民尹立军放弃了株洲打工的日子，回家办起民宿，投资 2 万余元对房子进行了装修。当问及为什么选择回家乡时，他说：“当年看到村上搞竹筏漂流和钓鱼比赛，很热闹，觉得肯定会有发展。”

在他的家中，他滔滔不绝地讲述着正在做的工作和未来的打算，眉宇间透露出深深的自信。他没有讲创业的艰难、资金的短缺、市场竞争的残酷，也许他根本就不想讲。

他说："我想进一步做大民宿，利用空置的民居改造成旅游民宿，让我们苏故村成为游客深度体验游的重要基地，把离开苏故村的年轻人都吸引回来，回来做什么？客人留下来了，我们就要提供更多住、吃、玩的地方。把苏故的特色食品做成高附加值的旅游产品，想想这是一件多么美好的事情。"

村民张军更是直言不讳地说："家门口能赚到钱，有一份不错的收入，何苦去外面。办民宿不难，每次垂钓比赛都能赚到2000多元。"谈及未来的生活，他充满了憧憬。

看来，官桥的乡村振兴的号角也让涧江河热血沸腾。她不甘只做一条历史的河流、做时代的看客，她要让人们感受到她的力量，她以母亲一样的慈爱，让八方来客感受到她的胸怀。

目前，苏故村已发展民宿20多家，计划还将50户农舍改造成民宿。成功引进了黄桃、蔬菜种植、杜鹃花扦插基地等农业产业项目8个，流转土地2000多亩，流转土地价格由开发前的每亩300元上升到现在的每亩500至800元，村民在项目上打工、卖农副产品和民宿都有收入，实现人均增收1000元。真是家门口的好风光鼓了村民的口袋呀。

沿着涧江河继续向前，远远看到那艘老船，想到"一蓑一笠一扁舟，一丈丝纶一寸钩。一曲高歌一樽酒，一人独钓一江秋"，只是现在独钓的场景早已被热闹、精彩的垂钓比赛取而代之了。绿荫之中，光影之下，我看到一位身着斗笠蓑衣的老者呼啸而来，然后又箭一般地呼啸而去，赤裸的双足蹚起漫天烟尘。我心里不禁发出一声呼喊：莫非你像夸父追日一般，没有停止对美好生活的追寻吗？

我发现了，安安静静、涓涓细流的涧江河也有小浪花在涌动。起先是一朵，渐渐地越簇越多，那小浪花正在以一种势不可挡的姿态奔向小康、奔向未来。

为有源头活水来

一、源头之水

大溪河、小溪河款款而来，在交汇处拥抱双江口，双江村因此得名。

浏阳河源头至双江口河段为上游，双江口至镇头镇河段为中游，浏阳河下游从镇头起始，最后在长沙市的陈家屋场注入湘江。浏阳河孕育了绚丽多彩的湖湘文化，滋养着这片土地和人们。

据《湖南通志》记载,浏阳河古称浏水，亦名浏渭河，“浏”是清凉的意思。浏阳河上游，河谷切割深、穿林涉涧、飞瀑珠帘、幽林深壑、河水碧透……

看着这一连串无与伦比的形容词，如梦、如歌，如痴、如醉，我内心充满着期待与向往。终于，我向着浏阳河源头村——双江村奔去。

车出市区向东，从高楼林立的排挤状态和躁动喧嚣中浮游出来，穿行在公路间的车辆、沿着树影夹道驱驰而行的景象，使人联想起了一叶轻舟掠过水面之后激荡起伏向后游移的轻波。

不到 20 分的路程就到双江村了。老远就看见在河边口等候的双江村党总支书记李强。没有客套，我们直奔主题，一头扎入这青山绿水的怀抱中。

“这里是文化公园，公园沿河而建，其中的文化广场以文化景墙的形式展示咱们浏阳‘一条河、一首歌、一座城’的文化历史，以及《浏阳河》歌曲征集等重大事件。”李强介绍道。走在用大理石铺贴浏阳河流经的十九个乡镇（街道）地图的小道上，精致的长廊和富有特色的各类文化映入眼帘，浓浓的文化气息扑鼻而来。

李强要表达的东西有太多，但明显地感觉到文化振兴已成为双江村的主题词。村上已经开始着手创建浏阳河源头网红打卡地，创建“一起来唱浏阳河，幸福日子万年长”传唱“浏阳河”文化品牌……

假如没有沈从文的《边城》，凤凰古城一定是一只藏在深闺里的“土鸡”。而没有谢晋的《芙蓉镇》，湘西小镇“王村”则不知何年何月才会揭开其神秘的面纱。此时的双江村不仅仅运用文化指点江山、激扬文字，还在纵横捭阖，全面发力。

浏阳河文化主题公园

一切的美好在萌发、壮大。站立在河边的李强已经呼吸到不同以往的空气，清新且充满激情。他告诉我，相比其他明星村，双江村才刚刚开始。近两年来，镇上结合双江围绕水而生的特点，全力做好“水”文章，实现生态美。

他说：“我从小就生活在双江口村，小时候和小伙伴相约在河里洗冷水澡是最快乐的事情。后来当兵回来后，发现河里不知什么时候变了，砂石厂违规采砂，以及养猪户缺乏排污设施，对河道都生态产生了破坏性影响，再加上上游因洪水袭击导致林木、杂草等垃圾下泄河中，河床损毁，水体水质一度污染。可这几年，河里一下子又变了，变得比小时候还要漂亮，成了国家湿地公园，成了旅游打卡地。”

原来 2017 年以来，在河长制的约束下，双江村党员干部自发组成护河队伍，将生态修复作为打好污染防治攻坚战的第一场硬仗。一举关停存续多年的砂石厂，并在砂石厂旧址建起了美丽屋场，作为全村干部群众学

山清水秀的小溪河

习科学文化、开展文体活动的场所。同时，经过宣传发动和引导，村里的养殖户不再从事养殖业务，转而发展乡村旅游产业。有很多村民办起了“农家乐”，每天可接待10桌规模的客人，年收入达到30万元以上。越来越多的村民通过发展乡村旅游业态，走上了增收致富之路。

“湿地公园屋场的建设、亮化工程的打造、垃圾分拣中心的投入使用……”无论我是否记得全，李强还是一气呵成地介绍完，听得出他语气中的喜悦与自豪。

一河之源，一山之脉，那是根。

听着这诱人的介绍，我想，让日子壮实起来，唯有对这方水土的滋养。有人曾这样描述双江口：地处浏阳河的开端，清澈温婉的小溪河畔，河流文化、湿地文化是湖湘文化开出的“高坪之花”。

双江，一个“双”字穷尽了天下智慧，有多少人能道得了？但是来到这里，她自会给你答案。

双江村的人们以“生态+”理念在绿水青山中缔造“绿、富、美”，全力做好“显水露水”文章，使源头之水还原如初——如初的澄澈、如初的丰腴、如初的安宁，他们也从青山绿水间淘得了“真金白银”。

此时，旭日东升，薄雾还没有完全散去，李强指着盈盈的水面说：“有一点雾漫双江的感觉吧。”我们都笑了，这是一种文化自信，是一种被外界认可和接纳的从容。再次认真地打量着李强，我发现，他的眼睛里闪现出某种奇异的光彩。

站立在河流之畔，水草萋萋，鱼儿洄游，清亮亮的浏河水，宁清、温馨、清新……正如诗人海子所言：“给每一条河每一座山取一个温暖的名字。”诚然，浏阳河给予人们的不仅仅是温暖的名字，还有流过苍莽岁月的四季，流过白驹过隙的每一个白天与夜晚，一路默默地流淌，一路勇敢地向前。

段江华乡村美术馆

二、乡村美术馆

在大多数城市人看来，美术馆是一个具有流光溢彩线条优雅的空间，是宏观与微观的情感联结，是艺术精神和人文温度的完美结合。

于是，“乡村美术馆”这个名词就让人产生了无限的遐想。

2022 年 1 月 5 日，对双江村来说，是一个特别的日子，一个值得被纪念的日子——段江华乡村美术馆建设落成。

乡村美术馆成为这个冬天，成为双江村最美丽、最有艺术气质的礼物。

它由全国知名油画家段江华自筹资金，以原杨潭供销社建筑为基础改建而成，占地 1100 平方米。红砖白墙，精神饱满，无多余装饰，墙的表层和玻璃窗相映出的简约感、文艺感带给人不一样的所思所想。

美美与共，天下大同。

很巧，在此次的走访中我遇到了段江华。印象中似乎艺术家都是粗犷的，始料不及的是，他却是个例外。当我从桌子下抽出椅子坐下时，粗心大意的我根本就没注意到椅子上的坐垫，他见到后，连忙整理着，告诉我：“这样坐会舒服些。”

作为一名湖南师范大学美术学院教授，段江华聊的都是艺术、教育、文化和孩子。

他真诚地说：“我是一名从湘西怀化走出来的乡村娃，太了解孩子们需要什么，点燃乡村孩子的文艺梦，从小就在他们的身上植入文艺的种子，用艺术引领他们健康成长，助力乡村文化振兴的全面发展，我想是需要努力去做的。前期，我们已经在杨潭小学给孩子们上课，普及美术知识，接下来的一个月，我们还将开展写生活动。”

为何选择在此建馆，是我最想了解的。他告诉我：“五年前曾为‘写意潇湘’展的创作来过双江，后来几年又陆陆续续来了好几次，每次来，都会不同的感觉。”随后，他指着馆外青翠大山下的河流说，“这里的水多美啊!”看来，这里不仅给了他艺术的滋养，还有灵感。现在，他要反哺这方厚土。

从元月份的开馆，乡村美术馆很快就显示出了独特魅力，众多游客纷纷慕名而来，双江村成为浏阳旅游发展的新亮点。就在美术馆旁，高坪镇已将打造一条“碧道”提上了规划日程。“碧道”的定位是通过串联小溪河两岸的自然特性和生态服务功能，围绕建设小溪河沿河风光带，打造独具特色的旅游主题形象，全长 27.5 公里。

此番文旅深度的融合，以及自然文化的共美当然也是段江华想看到的。

在双江村的日子，每天清晨，耳边不远处传来清风的呼吸、河流的声音，声间持续地、低吟地敲打着他的心。他会急速地拿起画笔，奔向前，眼睛绽放着喜悦。

从最初产生建美术工作室的想法到现在美术馆的落成，段江华希望双江村能成为艺术馆集群地，以“艺术活化乡村”为理念，吸引大量艺术家来到乡村创作，用艺术激发乡村活力，把城市里才能见到美术馆、艺术馆、哈雷摩托车博物馆等搬到乡亲们的房前屋后、田间地头。

他说：“美术馆要建设成为乡村文化、人才、产业的聚集‘磁场’。”

没有人比他更爱双江了。虽乡村美术馆建起的时间不长，但该“磁场”释放出强大的向心力。湖南省政协委员工作室、浏阳市政协委员乡村美学实践站、潭花小学美育教学实习基地、浏阳唯美高级中学美育实习基地……专家们定期到学校授课或举办各项活动，成为浏阳市第一家集展览、教学、艺术实践、文旅融合等功能为一体的乡村美术馆。

来到楼上，墙壁上依次悬挂着风格各异的画，有大师画家们的，有来自农民大叔的，还有小朋友们的。大的一面墙，小的一画框，五颜六色，满屋映着乡村田野的浓烈生活气息，一股沉着的力量感和潜藏的活力感正在迸发。

“我是凡人，我只要凡人的幸福。”闻名于世的“文艺复兴之父”彼特拉克曾经这样说过。

对于段江华来说，他的幸福是将美育根植到下一代人心中。

从孩子们到村民，从美术馆到双江村，都在和艺术发生着关系。

在美术馆的观景台上，双江村第一书记肖敬平告诉我：“村上依托美术馆打造了段江华画室美丽屋场。计划每年正月十五举办一期市级‘双江村农民艺术节’，为民间艺术创作、交流，促进乡村文化的繁荣和振兴提供平台；开展创作写生、夏令营等艺术活动，不仅丰富农民文化精神生活，建设社会主义新农村，还能带动民宿、美食产业，促进村民创业、就业，以及农产品销售和农民增收。”

肖敬平在档案馆工作，来到双江村，与乡村美术馆相遇后，碰撞出无数个有关于“文化”的话题，乡村文化在这里得到了有效延伸。

这是一个正在被艺术改变着的村庄。

走访结束后，我没有像往常一样乘车回家，而是沿着小河走着。一路上，我看到了生机盎然、宁静美丽的双江村被浏阳河水支撑和滋养，绽放出因水描摹的幸福模样。

三、会呼吸的夏布

“酿酒烹鸡留醉客，鸣机织苎遍山家。”

人的情感很奇妙，从双江村出来后，上了高坪的公路，不由自主想到这句诗来。

曾经的高坪，几乎人人都能说上一段夏布的家庭渊源。随着时间的更迭，在这个每天都有爆款的年代，更新，加量，换代，曾是贡品的夏布繁华落幕。可仍然有为数不多的传承人在默默地坚守着，其中数一数二的是长沙市级传承人谭智祥和梁长进。

由于时间的原因，我们走进高坪太坪村谭智祥家。老远我们就透过车窗看到他正在院子里上着浆。一线一纱，在阳光的映照下，折射出五彩斑斓的金丝银线，宛如生活的色彩。看到我们的到来，他并没有停下手中的活，只是嘿嘿地笑着，点着头打着招呼说：“过来了!”

认识谭智祥是在好几年前一次摄影的采风中来过他们家，记忆中，当初他没有现在爱笑。他从小就和夏布结下了不解之缘，跟着长辈们织夏布，在家族夏布织机声中长大。他惊叹于随时能割破手、粗粝的苎麻皮能被先人驯服成一匹柔软的布来。

从青涩到熟练，日子从一丝一筘、一经一纬流过，谭智祥在传承的基础上，敢于创新发展，研创出提花布、螺纹布、格子布等多种技法。与传统意义上的非遗传承人不同，他既是非遗继承人，还是北京服装学院艺术学院客座教授。就在夏布行业跌落低谷，越来越多的手艺人放弃时，他也在心里问过自己，坚持的意义是什么？往往很多事情就像命中注定了的一样，当时一直从事夏布研究的日本老太太桥本隆来到他们家。当时是夏天，她不顾天气的炎热，白天跟随谭智祥一头钻进打麻、剐麻、漂麻、绩麻、挽麻团、牵线、穿筘、上浆、编织、漂洗、整形等工艺中，晚上就坐在桌子前记录着，这一待就是八十多天。谭智祥一下被桥本隆的执着震撼了。特别是当一块夏布织成后，她总是会轻轻地捧在手中亲亲、嗅嗅，仿佛嗅到了清晨开放的花盈出的阵阵香气，以及松软泥土质朴的气息。她告诉谭智祥，她听见了夏布呼吸的声音，那是婴儿熟睡后的呼吸。

那一段时间，日子过得非常纯粹，谭智祥终于明白自己内心真正喜欢的是这种平静而具有朴素审美技艺的工作状态。如同他自己一样简单、朴实、纯粹。

取之天成，顺其自然，越简单，越被善用。不知不觉中，谭智祥已经织了四十二年夏布。他注册成立了浏阳夏予和织艺发展有限公司，合作开发和生产各类夏布工艺品二百余款。他已成为远近闻名的红人，即便这样，他仍然守着自己的这个小院。院子里，一匹匹夏布高高挂起，洒下了一地的斑驳。

看着他手中飞舞的梭子，我淡淡地想，所有世事变幻终将如流水般逝去，我们何不做一匹夏布，不言，不语，不悲，不喜，任天地沧桑……

有一束光

场景一：常丰，完全小学

“过去的日子如轻烟，被微风吹散了；如薄雾，被初阳蒸融了，我何曾留着像游丝样的痕迹呢？我赤裸裸来到这世界，转眼间也将赤裸裸地回去吧？但不能平的，为什么偏要白白走这一遭啊？”

一群孩子在操场上声情并茂地朗读着，这是为迎接六一的到来而准备的。

没想到第一次来常丰村，第一次来完小，竟是以《匆匆》进入。莫非是暗示着什么？不管怎么说，我喜欢这种不期而遇的相遇。

场景二：常丰，完全小学篮球基地

“NBA 球星贾森·特里来学校了！”

这是 2019 年 1 月 NBA 中国篮球行动，常丰小学成了活动的举办地。

“我们是‘姚基金希望小学篮球季’的志愿基地！”

“咱们的篮球队获得 2019 年湖南赛区姚基金篮球赛的冠军！王祖隆获得全省得分王。”

这傲娇的成绩与常丰学校的体育老师王诗果是分不开的。

常丰村完全小学篮球基地

王诗果热爱篮球，更热爱运动场上奋力拼搏的孩子们。为了把这支篮球队带出来，让它能走得更远，他努力考取篮球教练员证和国家一级裁判员证。与篮球相伴，在球场上奔跑，成了常丰完全小学孩子们最幸福的时光。他创造了学校姚基金快手号，播放利用业余时间录制、创作学生篮球运动的视频，推广传播学校篮球活动。

场景三：常丰，邓序文家

石洞涵门坳自天然而成，属村民出入要道。道路坡陡、坳高、弯急，路窄，只有 3 米宽，过往的行人、车辆走起来非常困难。而且村里面有七八十个学生上学，有校车来此接学生，相当困难，遇到两台车就无法会车了，根本无法通行。

怎么办？需修路！

可牵涉一些村民的个人利益，他们不愿意呀。

“我来想办法。”邓序文说。

这位退休三十三年的老教师，一直积极参加公益事业。

不能全部依赖国家和村委。邓序文牵头成立了由七个人组成的建路小

路段长邓序文（左）

组，与村民面对面沟通，经常碰到做不通的工作，他便会提着一个可乐瓶，里面装着 2.8 斤的白酒上门说："先喝酒，再谈问题。"他又带头捐款，动员村民一起出钱出力，发动 200 余名群众参与公路建设。将这条唯一通往村外的道路顺利加宽了 5 米，并全部铺上了柏油。

路修好后，他又组织义务清扫队，家家户户的老百姓看了，认为这条路是自己的，也自觉加入清扫、维护的队伍中来。后来，他被村民推荐为路段长。

蜿蜒崎岖涵门坳，盘古指划羊肠道。
辛未人力初改造，三米泥路石洞到。
壬午硬化至今朝，弯急路窄车难靠。
车辆骤增急需要，丙申拓成五米道。
从此甩掉安全帽，感恩党政好领导。

临走时，邓序文写了上面的这首诗给我。

常丰村党支部会议

场景四：常丰，彭家大屋

据《浏阳县志》记载，彭家大屋曾是浏阳的第一大屋场。

现今，面积为 0.24 平方公里，有 400 多户 2500 余人。

村支书彭光说："这个大屋有许多土坯房，还有'大跃进'时期遗留下来的产物——跃进门。村上根据现有的文化基础和屋场现状，准备将屋场打造为旧时光特色屋场、老物件馆、旧时光巷子……"

我们从祠堂走到学堂，从千年古井走到石板小巷。秀丽的前台岭、深邃的京广学堂、内涵丰富的明末清初的拱门……

这样一片安静的角落，用心营造着常丰村新的起点。

任何一个村庄，与其说存在于空间，不如说存在于时间，而时间本无意义，仅仅因为人的存在而得以呈现不同的叙述价值。他们如同一束束光，温暖常丰村，点亮乡村振兴路。

常丰，常在！

第五章 风头这方更劲

永远的苍坊

椒花新村的那些人和事

牛石岭的『牛』说

油茶飘香，行路致远

永远的苍坊

从这个春天开始，我们的脚步一直在浏河大地行走，走到夏，再走到秋。

抵达苍坊，清风正好。

如果说“苍”指苍翠，而“坊”的寓意是和睦、友爱、融洽，那么这个叫“苍坊”的地方可谓一开始就占尽了天时、人和，不同凡响。

至于地利，用今天的眼光来看，这里确实是一个风景优美的地方。苍坊村位于湘、赣两省相交处的罗霄山脉。山岭自罗霄山蜿蜒而来，至浏阳河南，复又耸起，为“云居山”。此山之南逐渐开阔，称“阳谷”。沿着阳谷南行两三公里，有一座小山岭，名叫“西岭”。山前有一条宽约数米的溪流，叫敏溪，终年不绝，叮叮咚咚。

无疑，苍坊成了红绿融合的名片。

“湖南最美乡村公路”之称的荷文公路在苍坊绵延，让浏阳人“自强不息，敢为人先”的精神一直传承下去，在全面奔小康的大道上，不断拓展新时代的康庄之路。

行走在村庄中，与其说我是一个探访者，不如说我是一个倾听者，在这块土地上，人们用他们嘹亮的声音诉说着“红绿融合”的苍坊探索，彰显出乡村振兴的热烈与活力。

村集体经济发展工作会议

一、红绿融合

2019 年，邓敏一辈子都忘不了走进张文福家时的情景。

寒冬，天下着毛毛细雨，刺骨的寒风呼呼地刮着，眼看天黑了，邓敏加快了脚步，还有五六户村民家没走访，今天必须全部走完。当他走进张三家，门没锁，家里也没有亮灯，莫非是出了门，可现在正是吃晚饭的时候，他会去哪儿呢？

邓敏走过堂屋，喊了两声张文福的名字。

“是谁呀？谁叫我？”

“张大爷，是我呢，邓敏！”

等张三窸窸窣窣穿着衣服出来，邓敏才知道，原来他是为了省电才不开灯的。每天下午四五点钟，趁着天还未黑，他就将晚饭吃了，然后上床睡觉。因为在被窝里什么电都不需要。

邓敏好半天没有回过神来，想不到在脱贫攻坚，全面奔小康的日子里，还有人为了省电而不开灯的。

张大爷搬来了椅子，请邓敏坐下时，依旧没有开灯，简单地说："有什么事明天白天去村部说不行吗？"

"是担心要用电吗？"

在朦胧的夜色中，邓敏看到张文福点着头。他没有再说话了，完全被眼前这位老人的行为惊到了。

今年张文福 81 岁，是村里的五保户，更是一个性格孤僻、节衣缩食的老人。还好现在有精准扶贫，兜底保障，每月有低保金，可这一幕邓敏无论如何是想不到的。

邓敏是 2019 年底来到中和苍坊村任代理村支书的，2021 年换届选举为总支书记。之前在湖南省地质院工作。在他来的第二天便开始对全村 182 名党员、21 个村民小组和全体村民进行调查走访，当他全部跑了一遍后，笔记都记下了整整七个本子。

虽然来前做好了充分的思想准备，但村上负债近 400 万元，还是让他感到前有未有的压力。要知道，当时村干部已有近一年时间没有发工资了，村部连办公用品都没有钱买。而且他来代理村支书，是遭到全家人反对的，虽然老家在浏阳城，可毕竟早已在长沙扎下了根。

最终，他还是说服了家人。他感觉自己已奔入四十不惑的阶段，却时常感到困惑，一辈子待在地质院很稳定，日子过得平淡如水，这样一眼就能望到退休的生活让他想突破。

正在这时，国家提出乡村振兴的伟大战略，自己能在这一旗帜下回到农村，用自己的实际行动为群众做实事，服务乡亲，人生最荣幸的事莫过于此了。

家里人的工作做得通，但村上的发展可就不是那么简单的事了。通过深入细致的调查走访，邓敏深深地感受到主要原因还是负债太多，缺钱。因为之前公共垃圾桶没钱支付，他来了三个月就被告上了法庭，坐上了被告席的一幕至今，还让他记忆犹新。

乡村振兴一定要轻装上阵，如何能让这个村子真正地焕发生机呢？

我随着邓敏从村部来到荷花博览园基地时，正是午后，秋阳暖暖地落下来，山村呈现出少有的静谧美丽。

虽是秋时，田丘里成片的荷花不见了，但那一杆杆绿意犹存的莲茎还在顽强坚守着，依然可人至极。

这片荷花园使村子有了别样的意蕴。莲有“出淤泥而不染，濯清涟而不妖”的特性，是莲与廉内容的呈现。邓敏读懂了其中的文化内涵，于是与镇政府协商，将这片荷花园交由村上管理。紧接着流转土地300亩，扩大种植荷花园的规模，有效利用废弃的老宅建设“苍坊清莲文化馆”。

文化是村庄可持续发展的灵魂。只有凝聚向上向善的精神力量，勤劳致富、遵纪守法、健康文明的生活理念才能深入人心。

说话间，一座古香古色的宅院矗立在眼前，那宅前的紫薇翠生生的、红艳艳的。进门后，目不暇接，分为莲之源、莲之韵、莲之品、莲之用四个部分，还有微网格议事厅、党建+微网格公示栏、老物件的摆设……处处展现着苍坊廉洁奉公、为人民服务的信念与决心。

回头看大门的那一副对联：“莲本无瑕蓬中有子慈心济世，藕虽有孔腹内无泥大德泽人。”细细品味，忽然意识到，这个村子与生俱来的操守全在这之中。

瞧，这小小的荷花竟然有着如此大的价值！

邓敏告诉我，为了更充分地利用农田资源，从2019年开始，村民在荷塘里探索“荷鱼套养”的模式。邓敏指着眼前的荷鱼池塘说：“这片池

养殖户叶光明

塘亩产达 200 斤，加上莲蓬这块的收益，参与种植养殖的农户能挣到 30 万元左右。”

我大吃一惊，想不到一个池塘有这么多收益，于是对荷田养鱼有了兴趣，说：“这不会影响鱼的生长吗？”

“不会的。这叫一水两用，一举两得。荷花可以给鱼提供遮阴的地方，塘里的微生物是鱼爱吃的天然饲料，鱼的粪便又可以给荷花提供肥料。”他告诉我。

我们顺着博览园基地走去，来到了大闸蟹养殖项目基地。

2020 年初，依托“荷塘经济”，苍坊村又引进了大闸蟹养殖项目，在荷花博览园旁流转 70 亩土地，引进阳澄湖蟹种，引入小江河的优质水源。稻田养蟹早已有了先例，只是荷田养蟹应该属于独创。

村民叶长国是荷塘的管理员，遗憾的是，那天没有见到他。一位伙子在蟹田里忙着投喂饲料，忽然间，我萌生出单独和他聊聊的想法。于是，趁着有位村民和邓敏打招呼的时机，我加快了脚步，有意避开了他们，借着看螃蟹的由头，和小伙子聊了起来。

看着他被太阳晒黑的脸，我随口说："风吹日晒的，蛮辛苦的。"

"还行，有钱赚，累也开心呀。"

"那你一年能挣多少啊？"

"这个一年挣10多万元是没问题的。"

"有这么多啊！不是说村上还欠了账吗？"

"账啊，早就还清了。我不光有这里的收入，村上办了研学，我们家腾出自家的6间房，设置30个床位，为参加研学教育实践的孩子们提供住宿和三餐。上次一个月就分了6000多元。"

从交谈中得知，村上引进了耀邦故居中小学生研学实践教育营地落户富家湾屋场，并与景区对接，开发了编制草鞋、开垦荒地、重走长征路等系列红色农耕教育实践特色课程。富家湾屋场共有73户人家，其中38户与运营公司签约，进行了标准化民宿改造，当年已接待人次达到10万次。

"日子过得真不错呀！"

"可不是，如今政策好，现在的日子可不是一般好，是很好！前一段时间，我们村还上了学习强国，得了表扬哩。"

当邓敏走来时，我把小伙子的话告诉他，他憨厚一笑说："日子确实好过了。通过入股荷塘养鱼、研学营地并流转土地经营权，2021年，村级集体经济总收入已经完成了70万元。"

目前，村上探索了一条革命文化引领、红色资源赋能乡村振兴的路子，充分利用红色文化资源和绿色生态产业，大力发展"红色+绿色"乡村旅游，推进相关产业融合发展。

建设提炼苍坊红色资源，打造一条红色文旅路线。将红色文化景点与荷花博览园、楼西湖垂钓基地等生态旅游景点相连接。沿红色文旅路线开发多个绿色生态景点，打造楼西湖垂钓公园，打造集垂钓、赏花于一体的休闲基地，打造荷花园亲子农业体验种植园，开发赏花摄影、果树认领、水果课堂、采摘体验、果干加工等经营服务项目。

路边“举全市之力，创5A景区”的宣传牌迎着阳光，像一道风景线。

邓敏介绍，革命老区振兴发展，关键是产业振兴，这是“红绿融合”理念的灵魂。带动村集体经济发展，沿荷文公路建设小水果种植带，促进规模集体经济产业形成。培育壮大特色产业，不断延伸农业产业链，集中打造生态蔬菜种植带，服务景区商业产业发展。

“红绿融合”在不断发展，苍坊的精彩故事还在上演。

驻足在路边，我看到苍坊秋天独有的风景。

二、乡村文艺范

建立一个充满活力、民风淳朴、幸福安康的美丽乡村是苍坊村的终极目标。于是“文化艺术联谊会”也就应运而生了。

在走访时，我在村民李红霞的三条微信里感受到了苍坊村浓厚的文化艺术氛围，领略了乡村文艺范儿。李红霞是村里文化艺术联谊会班子成员之一，主要负责村里广场舞的组织和培训。

初心矢志，红耀苍坊。三产融合，乡村振兴，汇聚苍坊人民力量，建设美丽家乡，做强红色旅游，做实生态农业，打造宜居慢生活体验区，发展夜间经济，激活东南旅游干线，助力苍坊5A景区创建。

2021年5月8日上午9点，苍坊村三楼会议室，对文化艺术热爱的村民们齐聚这里，参加苍坊村文联成立大会。苍坊村文联是苍坊村文化艺术联谊会的简称，在苍坊村村支两委的领导下，由村民自愿参与组建的群众性自治组织，联谊会遵循自我管理、自我服务、自我教育、自我监督的原则，以文化交流和文创赋能为切入点，繁荣农村文艺，倡导文明新风，促进城乡融合，推动乡村文化振兴，贡献本土化的本地力量。

这是村上关于成立首届文联发出的第一条微信。内容全面，图文并茂，让人直观地看到文联产生从报名、现场投票到授牌和文联主席发言。还有联谊会的章程以及才艺表演。当时，邓敏提出这一想法时，得到了绝大部分村民的拥护，报名的人接踵而来。

李红霞说：“村上成立文联没多久，又创建了老年大学，有书法班、绘画班、音乐班、广场舞班等 5 个班级，授课教师都是来自文联的成员，且半年免学费。到现在为止，每个班招 30 个人，早已满额，可还有村民在报名，他们在等待下一期的开始。”

村上设立老年大学，不但丰富了群众的业余生活，还培养了一批乡村文艺骨干。“群众的文化热情被激发了出来，有才艺的群众越来越多，乡村活力满满。”学员们发自肺腑地称赞道。

文联的章程共有八条：对接文化帮扶下乡、开展家庭文化建设、进行乡土文化整理、推动公共文化建设、举办集体文艺活动、引导乡风移风易俗、参与乡村文化创意、进行乡土人才评选表彰。每一条都进行了具体细化。

我眼前燃烧着一团火苗，具有红色基因的“文艺联合会”像星星之火，用文艺的形式发挥带头示范作用，带动着更多人民奔向美好生活。

这是美丽乡村发展的必然趋势！

这是乡村文化振兴的样板！

“初心矢志　红耀苍坊”。苍坊“国家级”红色村建设暨乡村振兴启动仪式文艺展演活动”一行字映入眼帘。

这是 5 月 28 日第二条微信链接推送。图片中，人们载歌载舞，展现出乡村振兴的壮志与豪情。文艺不仅可以美化乡村风貌，更可以助推美好生活。精彩纷呈的文艺节目大大提升了群众的获得感和幸福感。观众席上那一张张喜笑颜开的脸庞、那一副副沉醉的表情，好像自身变成了戏里的主人公，令人真切体会到今天民众全新的精神面貌和新农村迅猛发展的景象。

就在这乡民情投意合的精神世界里，苍坊村完成了一个又一个历史使命。

近年来，苍坊村紧扣“红色旅游”主题，依托深厚的红色资源，打造了“耀邦故里研学营”“摇钱湾商贸区”“荷田经济园”“果蔬基地”等集体经济产业区，收入连年翻番，让“红色底蕴”真正成了助推村级集体经济发展的强大动力，先后荣获中国十佳小康村、湖南省特色旅游名村、湖南省美丽乡村示范村、长沙市基层党组织“五化”建设示范单位。

在第三条微信推送里，有一个由文联对接的“世界犁尼斯记录苍坊档案馆”二维码识别图。下面有着这样一段文字：请大家识别上图二维码加入。苍坊村总通讯录就是人人参与记录的苍坊村档案馆。在乡村振兴过程中，通过苍坊村档案馆，可以记录下每一位村民的乡村工作参与，让每一

百年七一，“唱支山歌给党听”

位村民的付出都能被看见。

于是我在这里面见到了爱家乡的代言人：吴江华、黄江连、李谟国、王德明……

他们根植乡土，在用艺术滋润着本地村民的同时，也出走乡野，向外推荐乡村。

李红霞不由自主地唱起了《灯火里的中国》。我屏声静气，让歌声飘得越来越远。

三、菜园变花园

俯瞰苍坊村，以耀邦故居为中心，生态休闲游的去处越来越多。目前苍坊村已吸引游客 100 余万人次，村上的民宿、餐饮产业蓬勃发展，越来越多的村民在家门口实现增收。

我们来到菜园子，惊喜地发现菜园如同花园，怪不得邓敏说一定要带我们来看看。

在美丽的“大花园”里，点缀在老百姓房前屋后的标准菜园规矩地成行、成列，连围栏都是按标准统一化。菜园犹如一颗颗散落的珍珠，不仅可以种菜、种风景，还种时尚、种文化，可谓展示苍坊乡村振兴成果的生动“窗口”。

然而，在“菜园变花园”的建设过程中，当时也是存在着很大争议的。村民们对边角地、闲置地习以为常，没有很好地去利用。起初，当村委决定将房前屋后的荒地和菜地加上一道篱笆、一株果树、一个栅栏时，村民们并不是很认可，虽然不用自己出钱，但他们认为这是形象工程做空事，花空钱。于是村委决定，分期来做，从愿意的村组开始。

随着一块块小菜园把村子装扮得五颜六色，菜园与生活无缝衔接，四季有菜、四季有花、四季有绿时，自愿参与的村民越来越多，最后六个组的村民一致要求加入标准化菜园的行列。

看着我吃惊的样子，邓敏说：“有的村民不听你讲什么道理，他只讲利益。他可以骂你，但你不能骂他。要做好事，就会有压力，但不能为了这份压力而不做事，不然你占个村书记的位子干什么，村民选你干什么？还好，我们村很团结，特别是村委班子，现在平均年龄35岁，都是全日制大学毕业的。”

一路上，我们边走边聊，回到村委办公楼时已临近傍晚，悠然的云朵镶上了一道金边儿，它既像彩绸，又像锦缎，多了几分神秘的色彩。

我看时间不早了，就抓紧问一个我很关心的问题。我说：“现在家里人还反对你在村上工作吗？”

邓敏笑着说：“不仅没有反对，遇到节假日，还都往我们村跑。”

“乡村一日游！”我打趣道。

“是啊，空气好，山好，水好，有吃的，有玩的，一切都是绿色生态的，谁不愿意来。前一段时间，生态环境部公示了第五批国家生态文明建设示范区和‘绿水青山就是金山银山’实践创新基地拟命名名单中，浏阳榜上有名，特别是咱苍坊省级美丽乡村示范村，成了‘两山’样板可复制、可示范、可持续发展的典型案例之一哩。”

在苍坊行走，从富家坊湾组到楼西村，我听到的都是村民们夸日子好，那份从内心深处散发出来的满足与骄傲让无数个城里人为之羡慕。

我在思考，苍坊以“两山”理念引领走进美丽乡村建设。当我表示希望邓敏谈谈经验时，他略做思考说：“谈不上经验。美丽乡村建设应该考虑到当地自然生态环境和长期形成的劳作习惯，不搞大规模投入和改天换地式的开发建设，而是有效利用现有资源，合理规划，因势利导，适度开发，有序渐进。没有别的，村民们过上幸福宜居的日子就是美丽乡村的实现。”

我以为，苍坊是一个缩影，是以“红绿结合”的软实力为助推剂，推动当地经济、生态、旅游、产业等实现健康、快速发展的一个典范，是一个走着自己适宜的路子，亮出了自己最具特色和核心竞争力的文化特质。

口碑在于人心，影响无处不在。获取和收获不在于短期的利润和利益，而在于始终坚持走自己的步伐，跑出自己的特色，将自己的发展以一种不可复制的文化腔调展示在世人面前，勇于、敢于拓荒、践行，让村民们从中收获愉悦，无法割舍、深入性格，植入灵魂的乡愁、乡情、乡恋。

一张美好的蓝图，耀邦故里创建国家5A级旅游景区的画卷正在打开。

四、村如其名

长安，中和镇的一个村落。如果你徜徉这里，就能够感觉到空气中弥漫着长长久久、平平安安的气息。

它与古长安同名却不重叠，但在我心中，它是一个吉祥而又耐人寻味的地方。

处阡陌之中，得万山之拥。长安村集结了天地之灵气，自古便养育了诸多长寿老人。时至今日，还有十多位90岁以上的鲐背老人。在这里生活的居民平均寿命均比我国居民平均寿命多13年以上。这让我对长安有着更多的渴望。

据说这长寿秘诀与村中一口“灵鹿井”有关。这口古井依山而建，隐于草木之中。相传，曾经有一只灵鹿不知为何所伤，慌乱间逃下山，倒在了井畔。灵鹿的哀鸣引来了村人，他们心生恻隐，用井水为灵鹿清洗伤口。到了第二天，受伤的灵鹿竟不药而愈。再见它时，形姿矫健，纵跃如飞。灵鹿通灵感恩，衔来灵芝投于井内，顿时井水生香，经年不散。井水冬暖夏凉，人们常年取用，久而久之，长安村民身体健康，福寿绵延。

也许是深沉隽永的历史记忆让长安村有着清静拙朴的意蕴。

听说我们要来，开始时，村支书叶庆忠是婉拒的。因为相比其他村，他觉得长安村在乡村振兴方面还不够典型。当我告诉他，是想和他聊聊长寿文化时，他同意了。

于是，在村委简单大方的办公室，我们坐到了叶庆忠面前。

“长寿文化是我们村的主打。在这里，森林覆盖率达95%以上，常年负氧离子每立方厘米多达4.5万个以上，这里有着自带营养所必需的钙、镁、钾、钠、磷、硫宏量元素丰富的山泉水，是为数不多的康养福地……”

一见面，叶庆忠就滔滔不绝地讲起来。我意识到，这是一位认真干事的村支书。

我在会议室里看到了满墙的荣誉匾牌。

长安人的幸福是全方位的。毗邻大围山森林公园、狮子山省级公园、株树桥水库、清江水库一大批生态环境优美的景区；正构建高端康养、度假等生态振兴产业格局；全力打造“湘赣边智能制造，绿色低碳区域性产业”振兴计划。

这样的未来生活，谁不心生向往？

在我的惊讶之中，叶庆忠和村干部小杜带我们来到了耄耋老人刘清永家。

这是一栋红砖青瓦的别墅，屋内收拾得干净整洁。刘老坐在大门口等着我们，孩子们都上班去了。老人清清瘦瘦，头发花白，温和的眼睛闪着慈祥的光芒。

“住在这里好不好？”

“当然好！你看我的样子就知道了呀。”

听到这里，我们都笑了。

很快，老人进里屋拿出一摞写满字的稿纸。原来是老人写下的遗嘱。

2019年，村部开了乡村振兴议事会，谈到了乡风文明的相关要求，刘清永老人作为老协代表参加了会议，并在会上直言移风易俗工作应是乡村振兴的重要内容，物质文明和精神文明要两手抓，不能只富“口袋”，不

村干部走访慰问老党员

富“脑袋”，只有满足人民群众美好生活需要与提高人民群众综合素质同步进行，乡村振兴才能真正实现。

在会上，刘清永很赞成这个营造好家风好家训的做法，认为好的家风家训能影响一个家庭，甚至几代人。

回去后，他就立了这份遗嘱。我轻轻地读了起来。

一是改革旧俗：遗体火化，不做道场，不搞祭礼，不搞布置，不挂相片，不穿麻衣，慎终追远，简单悼念，一天了事；二是永记嘱语：以爱国、爱人民，遵纪守法，敬业务实为核心，以“五字经典”（家和万事兴）持家，不忘初心。

“为什么想着写这个？”

刘老说：“我是一个拥有六十多年党龄的老人了，也明白生老病死是常态。我将这份遗嘱夹在我的存折里，我一离开人世，子孙们必然会翻看存折，他们看到了，就会照这个执行。”

我把目光投了叶庆忠。他点着头告诉我，遗嘱写好后，刘老就找了他，并嘱咐如果亲戚朋友有反对意见的话，要村上为他这个老党员做主。

刘老一边说，一边将遗嘱折好，小心翼翼地再次将它放到存折中。

我心头一热，上前挽住他的手臂，求合影。

94 岁的刘老出身赤贫农家庭，先后在队上、村上、公社、学校工作过。退休后，在大队老协担任主任，致力关心下一代工作。自从参加了村部召开的关于乡村振兴村民议事会后，老人总想为乡村振兴做点贡献，思来想去，就立下遗嘱，以自己改旧俗的行动来推动乡村振兴。

叶庆忠说：“从 2019 年 8 月召开了乡村振兴议事会后，像刘永清这样一批老党员初心不改，带领着群众办家宴代替办酒席、晒家风家训代替比富斗阔，形成了党员先锋效应。”

刘老又笑呵呵地拿出了他“光荣在党 50 年”的纪念章，叶庆忠为他挂在胸前。

从刘老家出来，我们来到了长寿屋场。老远就看到了那头传说中的灵鹿，红瓦白墙的民居错落有致，孝文化墙内涵丰富，农家书屋墨香四溢，一花一草窈窕扶疏。

原来，提倡书以修身，宁静才能致远；花以养性，清心尔后怡神；文化以布道，厚德方可载物。从这样的主张就会知道在人人都急匆匆奔向“钱”方的时候，长安在传播“慢生活”，这样的生活态度让越来越多的城市人蜂拥而至，因为这是一种精神的需求。对一个生命来说，快与慢如同夜与昼一样要交替进行，在生活中找到平衡，洞悉人生真谛。

一路同行的摄影家说：“长安真是一个让人觉得幸福的地方。”他所谓的幸福不是看人拥有多少财富和资产，而是看一个人的表情。在他的镜头里，慢悠悠走着的老者，从容恬静的表情就是幸福。

“小康不小康，关键看老乡。”这句广为流传的金句在长安村也照样

长寿屋场一角

流行。

从一张张笑脸的背后，我看到了他们紧紧抓住景区申报国家5A景区开发的历史机遇，借助荷文公路开通的气息，夯实到浏阳20分钟、机场60分钟、高铁80分钟的经济圈优势，立足资源、生态、区位、产业发展等条件，打通市、镇、村三级行政审批“最多跑一次”的政务环境，开启招商引资和项目落地的“长安速度”。

长安，这座城市的后花园，正在演绎属于它的快与慢、平与安、乐与喜。

椒花新村的那些人和事

一、和谐画面谁裁出

时光回溯到2002年6月。

那年，廖国京刚刚20岁，妥妥的后生伢子。那时候在他的记忆里，乡亲们谈论得最多的话题就是，以后村上会要建水库。建水库，这可不是件小事情，或多或少带着一股子神圣感。

日子一天天在廖国京的眼皮底下溜走，他跟随父亲在城里做了十年的物流经营。静夜中，林木茂盛、沟壑纵横、清水律动的椒花河常常袭击着他的内心。就这样，那熟悉的椒花河哗哗的淌水声随着他的回忆而尘埃落定。

他清楚记得两年前回到村上，椒花村与达兴村合并，成为椒花新村。

他当选为椒花新村党总支副书记，一上任就主要负责椒花水库项目征地移民安置工作。

椒花水库项目是长沙市“五个十大”中十大基础设施项目之一，也是湖南省重点项目、国家重点水利工程。工程位于浏阳市和长沙县，坝址位于浏阳河上游大溪河左岸一级支流椒花河，集防洪、城市供水、灌溉发电

椒花水库建设项目

于一身。

这是二十年后的6月，我随廖国京“行走”在椒花水库。其实说行走是不正确的，准确地说应该是记录。

进入施工场地，热火朝天的场景让我们一行人振奋：偌大的空地上，几十辆工程机械车正紧张地作业；轰隆隆的挖掘机举着那长长的手臂，不停地升降着挖斗，有使不完的劲儿；推土机的轰鸣声震耳欲聋；重型卡车来回穿梭荡起滚滚烟尘。

我平生第一次看到这种“改天换地”的工地场面：一座水库正在拔节生长，一片土地正在告别过往，一方百姓正在迎来希望。

沉睡的土地被唤醒！

筑坝拦水、搬迁村庄、安置移民……

随着我们走进椒花水库的移民村庄，我深切感受到水利移民安置工作的千头万绪、浩繁艰巨、矛盾丛生，更体会到政府的执政能力、创新精神，以及党员干部的为民情怀、奉献精神。

“百日攻坚”打响了！

征地移民涉及45个村民小组，征地面积7000余亩，应搬迁房屋532户，征地面积大，移民安置户数多。而廖国京和村支书李国平负责的朝阳桥组和朝阳安组的位置是椒花水库的主坝位置，牵涉水库施工的进度和环境，时间紧，任务重。

面对移民安置工作，廖国京是做了思想准备的，可没想到会有这么难。有的上门签订一户时间要跑一百多次；有的村民同意签字，可拿起笔握在手中就是不签；还有的村民一句话不中听，不如意，就发脾气走人。

还好，他碰到了好村支书李国平。私下里总是对他说，没有解决不了的困难，只看思想工作怎么做！

有一个故事让我记忆深刻。

那天，廖国京正在积极动员村民召开征地会议。他招呼搬迁村民坐下来，让大家说一说对征地移民安置工作有什么意见和想法，村民们你望我，我望你，都没有说话。他又重复一遍。

一位村民嘿嘿地笑道：“廖书记呀，你叫我们搬迁，我们没有意见，绝对响应政府号召，不过我得跟我老婆商量。我老婆只怕是搭错了神经，她说在自己的家里住惯了，换一个地方不习惯不说，最主要的是怕我哪天又喝醉了酒，找不到家在哪里，跑到别人家里去了，你看这话讲得……”

这时，人群中不知谁搭了一句：“那你就不能戒酒呀？”

“这酒就是我的饭，怎么能戒呢？你未必都可以戒饭呀。”

眼看着气氛有点越来越不对劲了。

廖国京笑着制止：“今天要表扬你，喝了酒还这么清醒。回去告诉你老婆，政府非常重视征地移民工作，给了很多优惠政策，包括土地、房屋的补偿。等椒花水库建好后，还会依托水库发展和拓展周边的项目，开办移民产业，办加工厂，带动就业。到时候搭错神经的不仅是你老婆，还有你噢。莫讲喝酒，你会觉得喝水都塞了牙缝。来，来，接下来，我再为你们好好讲讲征地移民的政策。有什么问题，你们还可以继续提问。”

这位村民在第二天就签下了搬迁协议。

“百日攻坚”的口号山呼海啸！

“每到关键的时刻，领导总在我们身边，运筹帷幄，决断如流，成为我们坚强的后盾。”

“要努力让每一户移民都享受到移民的政策红利，以及发展红利。只要有百分之一的希望，我们就要尽百分之百的努力，决不落下一户群众。”

这些话出自达浒镇每一位普通干部们的口中。

椒花水库工程及移民动迁安置工作全面开启了一线作战状态。指挥部全体干部和达浒镇干部及村干部以“尤为如此”的担当，开启全天候作战模式，发扬“五加二”“白加黑”“晴加雨”的干劲，成立“移民安置义工队”，加速推进水库移民动迁安置各项工作。

廖国京最大的感受是“百天如一日”。每天的工作模式从早上上户做工作、解释政策到深夜才回家，加班到凌晨 1 点多是再正常不过的事。为了完成每一户搬迁协议的签订，他跑到长沙、株洲与户主沟通。远的不说，近的跑一户最多的达到一百多次，为了签字协议时间长达六个小时，征地会议长达九小时。

不知何时，他已经顾不上上学读书的孩子了。“咫尺天涯”，家很近，却又很远。

移民房屋搬迁协议的数字在递增，廖国京儿子的成绩却在递减。他也想好好陪伴儿子，可水库建设不等人，移民安置不等人，每一项工作都不容任何人放慢脚步。

一种日子，让人念念不忘；一组数据，令人深深铭记！

2021 年 6 月 8 日，水库土地征收工作全面完成，达到 100%，截至 6

月10日，移民房屋搬迁协议签订完成90%以上。这真是值得记录的日子和数据，为椒花水库工程建设顺利推进打下了坚实基础。

是怎样的擘画有道抒写了这样的时代奇迹？是怎样的擘画有道干出了这种令人心潮澎湃的“浏阳精神”和“浏阳速度”？

在乡村，类似这样的故事还有很多，然而所有故事只有一个结局：真正了解村民的需求，用火热和真诚的心剪裁出了乡村这一幅幅和谐的画卷。

椒花新村已成为湖南省乡村振兴重点的帮扶村。和谐画卷谁裁出？我的心里早有了答案。我相信，更多更美的画卷还会在浏阳乡村土地上一幅幅剪裁出来，铺展开来。

那天，我和廖国京站在大樟树下道别。绿色的树冠敞开了浓荫，每一片叶子都绿得令人沉醉，没有辜负这个季节的每一寸阳光、每一滴雨水。他说：“过段时间，这里又会有新的变化，到时候你再来。”

果真，当大半年后再见他时，他笑呵呵地说：“移民安置工作已全部完成。”

二、撑起的幸福日子

乡村的夏日总是很静寂，特别是午后，是村邻们歇脚的时光。然而，油纸伞的制作正如火如荼，宛如古典的花，盛开在达浒老街的深处。

椒花村的老桥下，年过五旬的达兴工艺品厂负责人李忠国和十来个师傅挨次坐着，有做骨架的，有裱皮纸的，有在伞面上提画的。一把把伞在他们的手中一开一合，仔细听，耳边传来了呼啦呼啦声，李忠国频频点头。

“我们做伞的都有两把‘刷子’。”李忠国说。

他说这话时，眼都没抬一下，一直盯着手中的伞。他不像地道的农民，也不像一位老板。瘦削的脸庞，小眼睛，头发蓬乱黝黑，洗得发黄的

油纸伞制作工艺非遗传承人李忠国

白衬衫。谈话时，有些拘谨，像没见过大世面，也不懂得待客谈话规矩的人，又像见了生人有些羞怯的样子。

“第一把刷子用来湿纸，把皮纸刷到湿透为止；第二把刷子用来贴伞面，把每一片纸贴到伞骨上之后，刷上胶，再贴第二片。”他拿起第一把刷子力道均匀地刷起来。

我惊讶地笑笑说：“我以为你在开玩笑，想不到真的有两把。”

中国文化里是圣人造物，如造字之仓颉、凿井之伯益，那么伞之圣祖谁人？云氏，鲁班之妻。就纸伞制作而言，手工生产所散发出的魅力是机械生产难以企及的。

采竹子、搭骨架、做伞边、糊伞面、绘花纹、上桐油……李忠国手中的物品千万遍地重复使用，已经是有“温度”的物品了。在他的眼里，万物变化融入了一呼一吸中，与他的生命形成了有机的整体。百件工具钻孔、换杆子、穿线，直到收伞成型，无不是他瞬间心语的流露。72道工序下来，营造出的是袅袅岁月长。

他自小就跟着爷爷学习制作油纸伞，原以为有了安身立命的技艺，可谁承想多年后，随着岁月的更迭，人民生活水平的日益提高，老手艺制作的传统油纸伞却与人们的日常生活越来越远，他一家五口人住着土坯房，老母亲年迈多病，一双儿女读书要钱。2015年，因为家庭负担重且没有稳定收入来源，举步维艰，被纳入建档立卡贫困户。靠打零工过活的他内心时常对家人感到愧疚，今后的路该怎么走呢？

这一把看似不经意的伞承载的不仅是家国之情、家园之思，也堆满了家国之忧、家园之痛啊！

他不忍心眼睁睁地看着已有一千多年历史制作技艺的油纸伞在他的眼前消逝。凭着三十多年的学习实践经验，他找到了制约油纸伞发展的根源，传统的油纸伞成本高、耗时长、利润低，唯有改良。

改良是对传统手工艺，对非物质文化遗产保存的第一枪。在非遗的背景深处，是李忠国对中国文化精粹与油纸伞保护的强烈冲动。

可怎样改呢？他再一次陷入了迷茫之中，贫困而又无奈。

幸福的降临忽如一夜春风来。

那一天，李忠国家里来了人——扶贫工作队进驻了椒花村。扶贫干部来了后，或许是阳光太过刺眼，他一直紧皱着眉头，蹲在墙角，目光游离于眼前的人们，一种天地之大，竟无处安身的挫败感包围了他。落座后，扶贫干部告诉他，是来帮着他脱贫，要重新把油纸伞恢复起来，想听听他的想法时，“油纸伞！”李忠国脱口而出，眼神顷刻间亮了，有神了，非一般人话语可以干扰。

就这样，在扶贫干部和村干部的鼓励和支持下，李忠国来到了浙江义乌等地考察，发现直径约为30厘米的微型油纸伞很受市场的欢迎，在白纸伞上进行儿童手工绘画的前景很好。顷刻间，他的眼圈发红，像孩子一样欢呼雀跃，喜极而泣。

漫漫长夜的坚守，终于迎来了曙光。回到家，他开始潜心研发小尺寸油纸伞，简化制作程序，改良制作工艺。通过反复琢磨，反复改进，反复测试，他将传统油纸伞加工简化为14道工序，然后拆分制作流程，采用流水线式的作业，形成可体验、能定制的小型油纸伞制作新模式。

无论是72道工序，还是14道工序，有新意，更有心意。奋斗的往事早已刻进了他的记忆里，融进了他的血液里，刻骨铭心。

紧接着，扶贫工作队通过产业扶持项目申请了5万元扶贫贴息贷款。李忠国红着眼睛感慨道："共产党好啊，真是及时雨，当时我正为钱发着愁，没想到钱就来了。跟了我大半辈子的手艺终于保住了。"不善言辞的他讲出的这番话让我品出一种朴实的真诚。

再接下来，他购买机器和材料，创办了浏阳达兴工艺品厂。通过不懈努力，李忠国不仅自己摘掉了贫困户的帽子，还带动了村上52户建档立卡贫困户脱贫。通过"订单+保底"模式，与村中50户贫困户签订委托加工协议，2019年参与的贫困户人均年增收1万元以上。

不知道从什么时候起，荣誉也伴随他而来："湖南省劳动模范""全国脱贫攻坚奋进奖""全国脱贫攻坚先进个人"。

谈及这些荣誉时，他什么也没说，只是淡淡地笑着。那纯粹的笑容漫进了我的心里。

"浓厚的感情，安排得恰到好处时，即一块顽石、一把线、一片浓墨、一些竹头木屑的拼合，也见出生命洋溢。这点创造的心，就正是民族品德优美伟大的另一面。"沈从文如此诠释。

他又淡淡地说，他最大的梦想就是建立中国最大的油纸伞基地。现在村上正在申报立项2000平方米，与达浒的老街融为一体，可民宿、可研学。

一把油纸伞撑起了幸福的日子。这是上天的有意安排，而此刻我身旁

李忠国夫妇俩

的李忠国就是这安排的生产者之一。我坚信，在那苍茫、寂寥的时间长河里，老祖宗留下的手艺就像所有传奇一样，总会给虔诚者以光亮。

阳光掠过，映照出李忠国无比坚定的目光，他深情地写下：

尊敬的领导：

我叫李忠国，浏阳市达浒镇人，祖祖辈辈靠学习和制作油纸伞为生，浏阳油纸伞制作工艺长沙市级代表性传承人。是一位坚守传统工艺的手艺人，也是守艺人。为了继承和发扬祖辈传承下来的油纸伞制作工艺，不至于让祖辈传承下来的手艺在自己手里失传，虽生活艰辛，家庭生活艰苦，但也苦中寻乐，坚定坚守，以手艺为生，靠手艺生存。

终于，守得云开见月明。在党和政府“精准扶贫”战略、乡村振兴战略和全面复兴中华优秀传统文化大好形势下，在中央、省、长沙市、浏阳市等各级党和政府领导的亲切关怀下，在省、长沙市扶贫工作队领导的指导下，本人高质量完成新时代脱贫攻坚目标任务。

为做好巩固拓展脱贫攻坚成果同乡村振兴的有效衔接，逐步实现由集中资源支持脱贫攻坚向全面推进乡村振兴平稳过渡，抢抓省商务厅与浏阳合作共建乡村振兴示范区机遇，充分发挥长沙市委党校作为我村乡村振兴后盾单位的作用，计划通过油纸伞产业品牌效应，建立扶贫脱贫政策研学基地、非遗文化研学基地、休闲产业研学基地。通过着力对党中央扶贫脱贫政策的深度研学，让学员实地考察政策成果，亲身参与乡村振兴。通过深度挖掘油纸伞文化内涵，构建优势明显、特色鲜明的浏阳油纸伞文化产业体系，开发油纸伞制作技艺非遗文化研学、文化旅游。发展以油纸伞文化为基调的手工作坊、特色民宿、生态农业、户外拓展的休闲产业基地，努力将达浒镇建设成为油纸伞非遗文化特色的研学文旅小镇。

申请建立从油纸伞产业品牌效应而建立的扶贫脱贫政策研学基地、非遗文化研学基地、休闲产业研学基地。基地占地20亩，预计总投资2000万。规划建设一栋5层的研学中心，该中心设置多媒体研学教室、学习交流室、油纸伞博物馆、油纸伞制作工艺传习所、油纸伞直播中心等。盘活椒花新村的达兴古街，古街的民居一楼复原油纸伞制作的手工作坊，二楼、三楼打造特色民宿，在古街东、西街口打造油纸伞文化长廊，河边堤岸布设学生绘画写生场所、休闲观赏设施。开发大溪河水面泛舟文化休闲活动，全面打造一个以油纸伞非遗民族文化为风格的具有古朴静谧气息的文化乡村。

牛石岭的“牛”说

一、沿着铁路行走

牛石岭村绝不像它的名字这样土气，其影响力增长的速度令人惊讶！

今天，当我们一行人走进村庄，沿着曾经的铁路行走时，那些曾经熟悉的场景在慢慢清晰，我感动地发现，属于它的文化深入到一砖一瓦的缝隙里，渗透进许多民众的骨子里。

实施乡村振兴，全面建成小康社会，需要硬实力，更需要软实力。在浏阳荷花牛石岭村，村委以自己的方式守护着村庄的过去，热爱着村庄的现在，培育着村庄的未来。

还是“火车”！我仿佛穿越时光隧道，回到那个年代。始建于 20 世纪 50 年代的醴浏铁路承载了许多老浏阳市民的特殊记忆。当时是窄轨，被称之为“小火车”，全线设 19 个站，牛石岭站是其中一个，至今除城区保留了一段废弃的铁轨路段，就是牛石岭村了。

有一种情怀，叫绿皮小火车时代。

记得学生时代，我曾坐着火车去同学家玩。在那个简简单单的年代，

牛石岭村门楼

车马邮件都慢，最方便的当然是绿皮小火车了。在记忆里，小火车不是很长，一节一节的，几节用来运载乘客，几节总是装满硫磷矿。小小的车厢里不时传来阵阵笑声、闹声、打牌声、聊天声、呼噜声……没有人介意，人与人之间呀，温情满满。

绿皮小火车常常喜欢晚点。但是呢，在物质生活极其贫乏的年代，如果温情存在，一切都不会无聊。

现在想想，很庆幸，经历过车马邮件都慢的时代。想到了从前慢，想到木心，想一直沿着铁路行走。

清早上火车站

长街黑暗无行人

卖豆浆的小店冒着热气

从前的日色变得慢

车，马，邮件都慢

一生只够爱一个人

随着经济形势的变化，2003 年 10 月 13 日，醴浏铁路正式开始拆除钢轨，这标志着这条有着四十余年兴衰历程、为地方运输经济起到过不可磨灭作用的地方铁路线成了历史和回忆。这是让人没有想到的。

更出乎人意料的是，火车还有回来的一天！就在今天乡村振兴的路上，旧火车站通过文创的方式把它表现出来，以另一种姿态伫立在路边，这是让牛石岭所有村民们始料未及的。

对牛石岭车站的设计理念是以铁路的发展历史为主线，以现有铁轨和原有的牛石火车站为基础，完善周边的配套设施，保留往昔的记忆，提供给慢生活的场景，形成健康休闲生活的驻地，以激活牛石岭多层次的发展。

被复原修复的车站、轨道和从外地花 10 万元买来不久的火车头安静地伫立着，正在等待着它的今生和来世……

铁轨路段不长，只有 100 多米，保存有红砖老建筑的车站遗迹——机务室、检修室、值班室很显眼，火车头有一节充满年代感的车厢，一下就将人的记忆拉回“绿皮车”时代。

“就是这个味儿!”我惊喜地说道。

可就在一切到来之前，遇到了不少难题。

当时铁路闲置后，附近的村民就在坡地上圈地养鸡，培土种菜，看起来乐得其所。可无形中造成了垃圾随意堆放，污水汇集于此，卫生环境差，这让村委感到头疼，一部分村民意见也甚大。村委一直思考寻找这个“顽疾”的突破口。

易新富说：“小时候货车停在这里，我们就爬上去，等快到下一站时，火车开始减速，我们就跳下来，再走路回家。火车是我打小最熟悉的事物之一。”

可以说，铁路伴随了他的青少年时光，谈到这条铁路的处理方式，他想了很多，有感情上的留恋，有现实经济的考量……要知道，当下做的决策不是为了当下，而是为了未来，当下与未来环环相扣。

决心下定后，村委们召开会议，由党员带头先从整治全村环境开始，在全村搞“四化”——绿化、净化、硬化、亮化。对不愿意清理用地的，上门上户做思想工作，直到做到每个人同意为止。工作没有预想中的难，毕竟在精准扶贫的工程上，大家就充分地享受到了集体经济带来的幸福果实。

旧貌除去，新颜如何换上？相关部门对村庄的工作进行了具体指导，科学规划、争项目、跑资金。那一段时间，村委和全体党员们没有在晚上12点前睡过觉，带着一种豁上命的劲头去做事，盼着能在自己手中完成已有的蓝图。

只要有了为人民服务的党员干部，就能打造出中国农村最基层的特别能战斗的堡垒核心，就能激发村民渴求改变、建设美好家园的良好愿望和强大内生动力，就能够创造出当今的人间美景。

村民冷敏，一名老党员。多年来，一直热心村里的公益事业。

“20世纪60年代至90年代初期，老火车正是红火时，那时我们常常为牛石设了站而感到骄傲。”冷敏说道。

当年，村上决定利用原铁路的路面改造油砂路，冷敏第一个自发带头捐款。为了动员更多村民参与，形成集体效应，他挨家挨户地跑，在他的努力下，村民们纷纷响应。只要涉及村上的事，他都会乐意干，有许多时候还做起了义务工，安装路灯，修缮水井护栏，修剪花草，总是能看到他忙前跑后的身影。

牛石岭村不等不靠，抓住土地确权流转的契机，成立了村社一体的专

醴浏铁路在浏阳的遗迹——牛石火车站

业合作社，种植了荷花、莲藕和绿化苗木，不断壮大集体经济。

垃圾和柴草堆不见了，平展的水泥路贯通全村，路两边绿树成排，所有房屋外墙刷白，铺上乌瓦。随着村庄变化的日新月异，村民们深切地感受到住在犹如花园的村子里，幸福感是那么强烈。

我想起曾看过的一本书里写道：“如果要将传统村落的文化价值排序，依次应为历史价值、学术研究价值、欣赏价值、怀旧价值、旅游价值……正是怀着对老火车的怀旧情结，他们渴望沿着这条铁路走下去。”

突然间，头脑中冒出一句话：沿着铁路行走，春暖花开！

“现在还是雏形，很多地方还在完善，但不久后，它绝对不是一个普通的项目，而是一个可以做大做强的最符合实际、具有前瞻性的优势项目。”说话间，易新富又指着毗邻火车站一栋灰白墙面、崭新的楼房告诉我，“这是即将落成的浏阳市社会福利中心，由政府投资 3000 多万元，可容纳300多张床位。”

一条充满热爱和质朴的铁路正和缓地改变着村庄的节奏，我似乎明白了牛石村不普通的缘由。这是一片丰富、和谐、幸福的自然村庄。在这里，没有围墙，没有泛滥的商业化，也没有伪自然。在这里，搞一片油菜花，吸引城市男女来摘油菜花，在这里，老年人能找到安详与回忆，年轻人能找到时尚和潮流，外地人感到意外，本地人感到亲切。

就在易新富领着我继续往前走时，他的手机响起，村里有事商议，需要他赶快过去。于是我决定自己再走走。

我沿着铁路行走。

暧暧远人村，依依墟里烟，溪水绕村，青山环抱。走到村头，古樟遒劲挺立，据说有百年了。小儿在树下相互嬉闹，旁边的篮球场不时地传来叫好声，还有三五位工人正在给花草修剪。我走过去，和他们聊了起来。当问及他们干活累不，他们回答：“累，也开心，共产党好，日子有奔头啊！”

这一瞬间，我被折服了。走出村庄时，古香古色的门楼，门楣上“共产党好”四字行书的超拔之气扑面而来。

如果说，脱贫致富要从文化抓起，那么，乡村振兴需要的就是根植文化，只有根扎深了，才能实现真正的小康。原来，他们意识到了，并且一直在努力。

二、“映日荷花别样红”

“接天莲叶无穷碧，映日荷花别样红。”

这句诗是在我见到荷花牛石岭村扶贫车间红太阳电取暖器厂的负责人李志雄后脱口而出的。

“等到7月，满塘的荷花开了，我们厂子里可以闻得到阵阵清香。”说这话的人正是李志雄。

李志雄，20 世纪 70 年代生人，土生土长的荷花人。2004 年为谋生计，开始干个体户，在浏阳河市场租门面，经营五金生意。那年冬天，市场里有个别人在推销一个叫“三好”牌的电烤火炉，称用电比用木炭来得干净和方便。

起先李志雄是抱着好奇和图新鲜的心态将电烤火炉买回了家。一试，效果很好，传热速度快，轻便，很实用。凭着商人的头脑，他将烤火炉拆开，构造再简单不过了，就是将电阻丝通电，然后给它们套了一个木外衣。他意识到这里面大有商机。

于是他请来木工，自己做电工，一口气做了 32 个，卖了 15 个。正在他沾沾自喜时，一位很是霸道的顾客找来要索赔，原来顾客买回家后，直接将棉拖鞋放在火炉上烤，结果全烧坏了，庆幸的是没有引起事故发生。赔偿金 1000 元，因为他的电烤火炉是三无产品。

这件事对李志雄的触动很大，当时他一度对任何电器产品都有了抵触情绪。但骨子里好强，不服输的性格在潜意识里影响着他。

中国有句古话，名如其人。放在李志雄身上是再贴切不过了。志，有志气的；雄，强有力的。一个有志气、强有力的开拓人自然能扶持着众多人走上致富的道路。

2007 年，也就是三年后，他贷款 8 万元，开始谋划办厂。最初的摸索用心良苦，等到相关的手续和证件办下来了后，他严格执行生产流程，客户逐渐稳定下来。第二年冬天是百年一遇的大雪灾，让人措手不及，取暖器的销路出现了高涨。

眼看前景越来越好，人手也越来越不够用。李志雄想把自己腾出来，开拓更大的市场，到长沙和衡阳设立销售店。

这时，他看到邻居由于身体原因，不能从事农活，日子过得很艰难，他二话没说，将他们请到厂子里做一些装箱、打包的事。

“这应该是扶贫车间的雏形。”李志雄笑着说。

就在此刻，我有些明白，为何厂子要起名为“红太阳”，人要活得像太阳一样，温暖自己，照耀他人。而“红”字本身不仅象征着红火，更代表当下人们火红的日子、火红的政策，象征着凝心聚力，共同致富的决心。

勤劳是人生的基石，创新是奋飞的翅膀。李志雄恢复了当时的干劲和激情，他跑遍了周边数十里的乡镇村庄，挨家挨户推销。到 2012 年，浏阳几乎所有的乡镇都在卖“红太阳”。李志雄见到这种红火的情景，不是欣慰，而是强烈地意识到要改革创新，因为此时的火炉没有技术含量，模仿太容易了，不然很快就会被市场淘汰。

后来的好几年，李志雄都在摸索着如何实现转型。他开始赴外地学习，学经验，长见识。渐渐地，产品外观、结构有了改变，从方形、长形到手提式，从电阻丝到发热板，实现了美观、安全、省电的想法。销售模式上开始了“实体+网购”。

让我瞠目结舌的是，现在“红太阳”产品不仅在周边几座城市销售，还延伸到了黑龙江佳木斯。

为了获得更安全的生产工艺，他请来青岛、东莞的模具专家，又实现了机械生产。

一切都在按照既定的轨道走。这时厂子门口的那条黄泥巴路成了实现梦想的拦路虎，来装货的运输车进不来。

乡亲们的致富之路自然牵动着村支书易新富的心。

修路！3 米宽的泥路修成了一条 7 米宽崭新的油沙路，两边一字两行排开的路灯。在易新富做出这个决定之前，一直在酝酿一篇文章：依托红太阳取暖器厂，引导成为就业的扶贫车间。令人欣慰的是，这篇文章在政府支持、红太阳厂的拥护下，已经齐心协力谱写开来。

看着厂子在一天天地壮大，李志雄觉得特别自豪，内心一次次升腾起对这片土地的无限深情和无比热爱。以往这片土地给他的是苦难和泪水，今天给他的则是美好的梦想和富足的未来啊！

从2017年开始，贫困户正式吸纳进入加工车间，这个车间的生产队伍基本由贫困户组成。

李志雄说：“车间正在上一条新的安全生产线路，暂时没有生产。”他领着我来到村民张龙桂家。此时张龙桂去市场买猪饲料去了，不在家。妻子胡翠娥40多岁的样子，穿着一件好看的花上衣，笑眯眯迎出来。

我问道：“在扶贫车间工作做得还好吧？”

胡翠娥欣慰地说：“当然好。母亲患重病十九年，我们既不能外出务工，又需要一份稳定的工作，‘扶贫车间’正好可以满足我们的需求，再合适不过了。现在多的我们做的四五百元一天，少的也有200多元一天，挣钱、顾家两不误。”

胡翠娥边说边把我们领进了家门。家井井有条，干干净净，打动了我。

就业是最大的民生。对于老百姓而言，“不愁吃、不愁穿”需要以稳定的收入为基础。我正想着，她将茶端到我跟前，说：“我们做梦都没有想到，我们的穷日子会翻身，还是国家政策好，现在的生活是越来越有盼头。”

看着胡翠娥的笑容，我赞叹着党中央的智慧，“企业+扶贫车间+农户”的模式，解决了农户尤其贫困户就近就业问题。

扶贫车间成为乡村振兴的重要密码，一个产业对一个地方的辐射和带动已经随风潜入夜，润物细无声了。那挨挨挤挤、密密层层的荷叶铺展开去，与蓝天相连接，一片无边无际的青翠碧绿随风摇曳，那亭亭玉立的荷花绽蕾盛开。

油茶飘香，行路致远

“南国有嘉树，花若赤玉杯。”

相传，远古时期，有一位勤劳善良的田姓老人，膝下无儿无女，老伴也早已过世，一家生计全靠一片小小的油茶林来维持。

有一年，不知什么原因，满园的油茶林只结了一个果球，只是这茶果比往年的大，而且散发奇香。一颗茶子能起何作用？老人急了，急得整天泪水不干。

一天，八仙中的张果老云游到此，突然闻到这股异香，他不知是何宝物发香，按下云头，私下一游。发现原来是这枚茶果，张果老高兴极了，当下找到田老，说明要买下茶果。谁知老人竟然十分大方：“一个茶子有何用处？您老人家想要就拿去吧，说什么买卖？”但是，张果老不肯白要，他说：“一滴汗水一分代价呀，为什么不肯收钱？再说，这茶园乃是你的养命之本，今年如此歉收，今后如何度日？”说完，留下十两银子，收了茶果，飘然而去。

回到天庭，恰逢玉帝寿筵。张果老带上茶果，献给玉帝。玉帝见了，顿时龙颜大怒：“大胆张果老，竟敢以此凡物戏我！”张果老不慌不忙，跪禀玉帝：“万岁请看！”这时，只见张果老揭开茶子，茶油如泉水涌出，众仙见了，无不惊奇。御厨将此油拿去炒菜，顿时香飘凌霄，风传九重；殿前侍从拿去点灯，忽然灯火通明，全无青烟。

玉帝见了，高兴万分，当即向张果老询问："此物何人所种？"张果老禀道："下界凡人，一位姓田的孤老。""好！"玉帝当即传旨，敕封田老为"油茶大仙"。

从此，在连绵起伏的山坡上，一纵纵、一壑壑油茶林倔强生长，它们扎根繁衍，世世代代滋养着勤劳淳朴的祖先，生生不息照亮着沧桑历史的天空。

一、风景独好

传说终归是传说。

镇头的油茶树源于何时，谁也不知道。

当清透的秋阳蹭到我脸上，我们已经到了金田村，闯入了这块油茶飘香的地方，将我记忆中的味道唤醒了。

儿时，过年，叔公家。

色泽金黄，熠熠生辉，热腾腾的茶油盐菜蒸肉端上桌。

咬上一口。

唇齿留香，芬芳入里。

一连拌上三大碗饭。

山茶油，又名油茶籽油、茶籽油、茶树油、茶油。民间还称之为月子油、长寿油、液体黄金等。食用山茶油的历史始于公元前刀耕时期。先秦古书《山海经》里就载有："员木，南方油食也。""员木"即是油茶树。北宋年间，苏颂所著的《图经本草》中对油茶籽的性状、产地和效用进行了详细的记载。南宋郑樵所著的《通志》有记载："南方山土多植其木。"表明当时油茶树已进入大量栽培的阶段。

油茶基地

历史即文化。

这里有全省唯一连片的十万亩油茶林，被誉为“油茶小镇”。

当我们来到油茶起步区金田村时，村部一片忙碌的景象：挑砖、提水泥、铺地砖、烧电焊……一打听，原来是正在建设油茶文化展示中心。

来之前，我就已和村支书陈敏联系了。此时，我们径直走向了他的办公室，门虚掩着，推开，没人！我只得拿起电话再次打了起来，他在电话里回应着，还在工地上，要我们坐一会儿。这时，我注意到了桌上堆放的《土地承包法》《物权法》《合同法》《道路交通安全法》等农村法律法规的书。

十几分钟后，他大汗淋漓地进来了。黝黑的皮肤，敦实的个头儿，坦诚的性格，没有客套和寒暄，直奔主题，用不太标准和流利的普通话简要地将村上的情况向我们进行了介绍。

看来，他的时间太宝贵了，要做的事情太多了，恨不得一天当两天过，一个人顶两个人用。

不能再占用他的时间了！我站起身来，决定到村上实地看看时，他连声说着抱歉，忙与妇女主任李敏和好韵味茶种植专业合作社总经理熊璐联系，给我们带路。

很快，李敏就赶来了。一位走路都带风的女孩，别看年轻，可颇有妇女主任那一股子能干范。她是金田村的媳妇，十年前从长沙县嫁过来，以前和老公在外面做家具生意。说起金田村，她没有不熟悉的，一路上，她忙着为我们介绍村里的情况，中途有电话进来，关于工作方面，她应付自如。

熊璐毕业于中南林业科技大学，在长沙证券公司上了七年的班。安稳的生活并没有让他的心安定下来，每回一次家，对他内心都是一次折磨，是继续背井离乡在城市里奋斗，还是回家乡创业？家乡满山连片的油茶林，一颗颗黑亮、滚圆的油茶种子不知什么时候就在他心里生根发芽了。虽说当时油茶产业的发展长期停滞不前，但他敏锐地意识到，只要能培育出高产新品种，进行科学种植，油茶就会有前景。于是他遵循了自己的内心，回到家乡，加入国家农民合作示范社——浏阳市好韵味油茶种植专业合作社，并加入中国共产党。

我们来到油茶低产林改造基地，一山连着一山，一丘紧挨着一丘，大大小小几十座山头，起伏跌宕延绵数公里，横排竖列整整齐齐地种满了良种油茶树，村民们正在山上采摘茶果，山下房前屋后摊晒着后熟的油茶果。静默于蓝天白云之下，碧绿原野之上，山头那块竖起的“茶油是个好东西，要大力发展油茶产业”的宣传牌格外显眼，让人感受到村庄的茁壮生长。

在观光栈道上，一个想法无比强烈地涌上我的心头，是的，我需要了解这个村的历史，她是从什么时候变得如此美丽，又经历了一个怎样的蜕变过程？

李敏回忆说：“我刚来时，已有部分人家种植油茶，加工茶油，由于产量低、价格低、没销路，加上疏于管理，只能解决温饱，而且劳动强度非常大，老榨油坊常常成了村民们‘醒瞌睡’的地方。”

“父辈们往往是肩挑背扛，走上几小时的山路到集镇榨油坊压榨加工，满心欢喜等油出来后，等待的有时却是滞销，只能就地贱卖，那是无法想象到的便宜，一斤油只值六七块钱。古老的油茶作坊没有现代高科技的加持，要过上富裕的生活还做不到。”熊璐说。

深秋上午 10 点，穿透油茶林的那一束灿日带我们进入了油茶种植人的时光。

这是英姐喜上眉梢的时间。

英姐种植油茶 100 多亩，她挑着箩筐摘着油茶果说：“看见没，要摘这种鼓胀得裂开了口子，露出黝黑发亮的籽。”

“为什么？”我一脸不解。

“多留一天，可多打一两油呀。”

摘下，投箩，再摘下，再投箩。

如此反复，英姐的短发已经全湿了，抬头旋转，汗水全甩在脸颊上，衣服从一点点汗印子扩散到前胸后背，直至整件衣都像被水浸泡了一样。她说说笑笑，沉浸在这片油茶林带给自己的幸福光阴中。

油茶的文章无疑是精彩的。

由镇政府牵头，做好“油茶+”文章，打造油茶产业发展的“镇头样板”，规划金田村油茶起步区，土桥村油茶核心示范基地，加大茶油小作坊升级改造力度，对低产的油茶林进行改造，不断拉长油茶产业链，走出一条油茶产业化、品牌化新路径。

从此，油茶种植的路上不再孤寂，他们将自己明晃晃的爱延续在每一棵油茶树上，那是对土地，对大自然，对人类的爱，那是一种深沉而执着的爱。

一个产业要发展壮大，就必须做大规模，形成气候。而技术的创新是引领发展的第一动力。

好韵味油茶种植专业合作社与中南林业科技大学紧密合作，以科技带动油茶新品种的研发和科学种植、科技创新，建成了浏阳市唯一一个“湖南省良种油茶采穗圃”，每年优先供应湖南省种苗中心和浏阳市林木良种服务中心等重点育苗单位。

取得“油茶一次性截杆与秋季高枝换冠技术”成果对低产油茶林进行品种换优。在人们的不懈努力下，油茶不仅大幅增加了产量，达到 2651.7 斤每亩，降低了劳动强度和成本，而且降低了树体的高度，平均树高在 1.5—2 米，成功解决了油茶采摘过程中的作业安全问题。

更为欣喜的是还制定了《油茶丰产栽培企业技术标准》《油茶采穗圃营建企业技术标准》《油茶水肥一体化企业技术标准》《油茶高接换冠企业技术标准》四项企业技术标准。目前来说，是独一无二的。

我赞叹之余，发现李敏正拿着手机对着干活的英姐拍着照。秋阳洒向一望无际的油茶林，光与影奏响一曲和弦。

李敏每天都会在微信朋友圈晒油茶的日常：

@浏阳人，快回家摘茶籽啦；

金果果，香饽饽；

好果才能出好油。

…………

金田村，整个大地正澎湃着一种无法言说的激情，像火一样热烈燃烧。这股热浪也正源源不断地涌向英姐，在她心里沸腾。

英姐种植油茶有三十年了，从最初的 20 亩发展到了现在的 50 亩；从本地品种到良种油茶；从传统的榨油手艺到现代油茶种植技术。她的半辈子都是和茶籽度过的，她的双脚踩过的茶枯垒起来只怕有一间屋那样高。

茶籽采摘、晒干、剥壳、烘焙、粉碎、高温压饼、上榨油机、榨油，就如同穿衣、吃饭、睡觉一样再平常不过了。

“英姐，做了这么多年不累、不腻吗？”我问。

“有过！可只要金黄、透亮、柔润、纯清、香醉了的茶油从油槽里压榨汩汩流出，就什么累都忘了。再说，现在是科学技术种植，又有机器榨油，比起以前来，这点累还真不算什么。”

茶树下的英姐咧开嘴痴痴地笑了，不知何时，被汗水浸泡的衣服早已经干了。

“守住心，才能种出好油来。”英姐麻利摘下一个油茶果子说。

我羡慕起她的生活来，平凡、充实、知足、简朴的日子往往是我们多数人做不到。

多少年了，茶树在连绵叠嶂的群山之中天然孕育、开花、结果，历经秋、冬、春、夏、秋五季的云滋雾养，聚合日月精华与天地灵气，这是上天对油茶人的犒劳，更是他们世世代代坚守的回报。

二、爱心油茶人

“一座山，百斤油，娶了媳妇又盖楼。”师艳林说出这句话来时，脸上滋润着满满的幸福感。

为了寻找这“百斤油”的源头，我走进了好韵味油茶种植专业合作社。

百斤油的来处，天未大亮，背着茶子背篓，挑着箩筐，匆匆忙忙就往山上赶。攀上树枝，钩到树尖，一枚枚茶果落入手心。

百斤油的来处，已时中午时分，在碧绿的山间，但见一处处炊烟袅袅，山上挖一口简易灶，架上锅盆煮饭，菜就是干椒豆豉油炒鱼嫩子。午后，不时往山下远处的晒坪挑运茶子。

百斤油的来处，日复一日，连续十来天，累得腰腿酸痛，手脚开裂，

“爱心油茶人”师艳林(右一)

精疲力竭，浑身散了架。

百斤油的来处，凌晨，砰砰砰，油坊师傅瞄准木桩，撞杆一下下击在露在油槽外面的木桩上，木桩越撞越紧，油槽里的油像涌泉一样哗哗往外流。

…………

“民以食为天，食以油为先，自古开门七件事，柴米油盐酱醋茶。”每一种载体都被我们的老祖宗赋予了独特的人文风情和动人故事，这些原始的、传统的乡村技艺在乡村发展的行进中成了温暖的回忆。

油茶，对于油茶人，不再是简单意义上的植物，而是乡村振兴的发家宝。

好韵味油茶种植专业合作社是金田村的骄傲，主事的师艳林无疑是一位励志人物。当别人还在守着铁饭碗过日子，他却辞去电力局给他安排的工作，走出舒适区，开拓出一条绿色富民的崛起之路，让油茶产业成为镇和村的支柱产业、致富产业，让村民们实实在在地捧上了“金饭碗”。

我寻见他时，他正从油茶林下来，见我要采访他，他挠挠头，憨憨地笑着说：“也就是那么回事！”

他给我讲了一个关于他童年时代和油茶有关的故事。

“在我只有几岁时，母亲就告诉我，茶油可是宝贝。毛主席喜欢吃辣椒、吃红烧肉，还喜欢吃茶油。他老人家进住中南海后，韶山的乡亲们来看他，常常带给他的就是辣椒、腊肉和茶油。茶油用粗糙的罐子装着，每每打开稻草罐盖，就会弥漫淡淡的芳馥。

“母亲讲完后，总会拿筷子蘸点土茶油滴在我的饭碗里。那时，我就感觉那茶油的香弥漫在心间，久久都散不去。

“后来读书了，记忆中每年的农历八九月间，板栗子大小的油茶籽缀满了枝头。在大人们眼里，这不仅仅是一年的食用油所在，更是一家经济所在。可对我们这些10来岁的孩子来说恰恰相反，因为采摘前要封山，开山后农人忙着采摘，山里也毫无乐趣可言，而且只要在家，就要随大人上山捡‘冷山子’，所谓‘冷山子’是指采摘后遗漏下来的茶籽。不过过了这一个多月后就有一段快乐的日子，油茶树开花了，雪白的花，并不大，也不香，却也能引来蜜蜂，碰上天气晴朗的日子，吸花蜜是最快乐的。在树下，随手扯下一根草，掐掉两头，插进金黄的花蕊中，深深地一吸，那感觉用现在的话说就一个字——爽！

“春天更好，农历二三月间你到山上去，油茶树上缠满了金银花的枝蔓，黄的白的花点缀着油茶树。摘金银花又是一大乐趣。摘了金银花晒干后卖到药材公司能换到一些零花钱，那个时候，每个家庭的生活都紧巴巴的，谁还会指望得到父母的零花钱呢？摘金银花的同时还能摘到‘厚脸皮水果’——茶耳苞。它是油茶树的果实，即茶子的变态体。特别厚，呈灰白或绿白，大小近似桃子，吃起来又香又脆。树并不高，但采摘的时候还是要小心，脚下好多荆棘，不留神就会被划到。尽管会被划到，我们还是会冒险去摘。那滋味在我的记忆里是比现在的水果要强得多。有了这些乐趣，即便放学路上肚子饿得前胸贴后背，我们也总是会在山里转到天黑才回家。

“后来，我跟哥哥都在县城上初中住校，一周回一趟家，回家的主要任务是带菜，带齐一周的菜，当然都是下饭菜，上年份以萝卜干为主，下年份以酸菜为主。那时候，我跟我哥的茶油定量是每月四两，每月带四次菜，四两油就全炒进菜里了。这在现在看来是不可思议的，但在那时候，我们尚属比较宽裕的了，我们的同学带的菜多数是直接从坛子里捞出来的，吃到最后，装菜的瓶子壁全长了白毛。就这样，四两茶油炒酸菜伴我们哥儿俩读完初中。

“从那以后，油茶对我来说就更亲切了，种最好的油茶果子的念头再也挥之不去了。”

听师艳林讲了这么多，我忍不住抚摸着油茶果。一不小心，一个果子从树上滑落到我的手中。

“这个是华硕，这个是华金，那个是华鑫……油茶的种植需要多品种种植才能最好地促进生长。”走在油茶种植基地，师艳林一眼就能分辨出看似一样却不同品种的油茶树。

“这个红叶子就是被太阳灼伤了，现在气温最少有 37℃了。”凭着自己多年的经验，师艳林早已经可以通过观察树木、树叶的细微变化来判断天气的温度。

2008 年春天，师艳林积极投身家乡油茶产业开发，致力油茶品种改良和低产林改丰产林试验，成立了“好韵味油茶种植专业合作社”。为了请来中南林业科技大学的油茶专家谭晓风教授，他只身跑到学校。一次没见成，两次、三次、多次……直至一个深夜，谭教授从教学楼出来，看到他还坐在楼前花坛边等待，一瞬间就被打动了。师艳林终于与中南林业科技大学建立油茶产业研究生实践基地，培育油茶低产林改高产，低位嫁接改造国内新品种“三华系列”高产油茶。改造油茶低产林7400亩，经中国林科院油茶首席专家姚小华教授、谭晓风教授、陈永中教授实地测产，获得亩产油茶1746斤的高产量。随后，又成立了华林楚润农业科技发展有限公司。

突然，他的表情有些凝重，当年那个念头被料峭的寒风吹得荷尔蒙肆意飞扬，在月光的映照下，显得异常执着和坚定。

我完全想象不到一个农业种植的门外汉是如何演变成为“帮带创业模范”“十大经济新闻人物”“浏阳之子”“长沙第二十三批高层次人才”“优秀共产党员”“五一劳动奖章”的。他靠着自己的远见卓识和一股闯劲，谱写了一篇油茶的发展史。

油茶果正舞动着向上奋进的金田村，红红火火闯九州。师艳林的帮扶之路、探索之路、创新之路、振兴之路从未停歇。

目前，合作社已发展6个服务片区点，成员155人，油农户数740户。以“合作社+基地+农户+市场”的发展模式，充分发挥和利用全体社员的优势资源，实现了合作社油茶产业发展的精准定位，确立了油茶种植的规模、品种、技术等发展目标。申请了“一种油茶高位嫁接及秋季一次性截杆”“一种土壤活化剂制备方法和应用”国家发明专利两项。推动技术创新集成示范，带动油茶产业良性发展。两度获得“国家农民合作社示范社”。

谈及未来的发展计划，师艳林说：“目前，我们依托成熟的油茶栽培与管理科技基础优势，已经争取到与省内第一个纯茶油集团产业化的合作项目。”

“有信心吗？”我问。

“当然，没有什么时候比现在更有信心！”

师艳林哈哈大笑。阳光下，他的笑容很生动，乐观中透着无限的自信和坚定。而那一颗颗油茶果饱满、清亮、浑圆壮实、晶莹剔透、光芒四射、熠熠生辉，在这片土地上栉风沐雨，占尽风流。

三、“我有一个梦”

“我有一个梦，梦想我们的素宴做到全中国。”金田村陈卫星不动声色地对我说。

陈卫星朴实、亲和、淡淡笑容、绿色的上衣让人联想到了他的生态、环保的味鲜原食品。

他的企业也是绿色的、活力的、生机勃勃的。工厂门口路畔的绿色植物向上繁茂滋长，透过车间的玻璃窗看到工人正有序地在生产线上忙碌着。

李敏深有感触地说：“味鲜原是将纯茶油与食品完美地融合之物。”

听到夸奖，陈卫星憨憨地笑笑说：“咱们湖南人自己的口味。”他一边说，一边领着我们走进办公楼。办公楼的大厅陈列着以前传统的老工艺作坊的器物，墙壁上张贴着“质量为上，诚信为本”的企业精神标语和多项荣誉牌。这无疑是味鲜原的使命、心愿，也是陈卫星的骄傲。

我暗想，味鲜原主要生产餐前酱腌茶系列、餐用素菜食材系列和霉豆腐系列，从传统手工业发展到今天集自主研发、规模生产、市场营销为一体的现代化食品企业，绝不是随随便便成功的。味鲜原曾经得到杂交水稻之父袁隆平院士的高度认可，并为其题词：“好味道，味鲜原。”

原来，一切都是最好的安排！

味鲜原朝着良性的轨道发展。陈卫星腾出手来，开始潜心钻研素宴制作技艺。要知道，他可是素宴第五代传承人，从 19 岁跟随父亲陈赢洲学习素宴的制作技术，发展素宴一直是他心中的一个梦想。2018 年，素宴制作技艺成功申报为浏阳非物质文化遗产项目。

有人说，梦想是这个时代的奢侈品。可是我想说，对于那些成功者来说，梦想从未走远，梦想就是必需品。

素宴天下

出生于20世纪70年代的他经历过属于那个年代的贫穷，在那个缺衣少食的年代，人们对肉食是非常非常渴望的。父母为了让他们兄弟姐妹能品尝到荤食的肥美，想尽各种办法，将素菜做出浓浓的肉香味。像冬瓜做的如红烧肉般甜香软糯、面筋做的如肥肠般香辣有筋道。

我说道：“穷则思变。”

“不仅仅是这个原因，更重要的是我不忍心看着动物成为人类餐桌的美味佳肴。”

在陈卫星的童年时代，家里养了小狗、小羊……可这些给他带来快乐的朋友们，在逢年过节时就被大人抓去屠杀，看着自己用心喂养的动物们就这样走了，他总是伤心地流着眼泪，每个动物都有求生的本能，不管它们多么微小。当时，他的心像被刀子给剐掉了一块肉似的。从那个时候开始，他就希望所有人都能够有父母用素菜做荤食的手艺，这样就能让动物免受杀害。

陈卫星的话在我的心中翻滚，他是用一颗善心在做人、做事、做企业啊！

说起浏阳素宴，形成于清朝初期，当时的素宴形式多样，还形成了寺院素食的完备体系。据《调鼎集》记载，素食菜单中，就有170多道素菜食谱并详细讲述了制作方法和技巧。如“素蛋”要使用豆渣饼削成蛋的形状，再蘸米粉或面粉油炸。可谓是素宴的集大成时期。

浏阳宴主要是人们到寺庙参加祭祀活动时就餐的菜品。20世纪六七十年代，寺庙祭祀活动也受到了一定的冲击，用于祭祀活动的素宴也逐渐停止了发展。浏阳素宴的制作匠人散落民间。80年代末开始，浏阳素宴才渐渐在浏阳各地的寺庙祭祀活动中恢复过来，并逐步发展。

目前浏阳素宴的原材料多以蔬菜、瓜果、谷物、菌类、面粉、豆腐为主，并且加入韭菜、葱、姜、豆豉、蒜、胡椒、花椒、辣椒等。其中又以豆腐做出来的菜品居多。陈卫星仅用豆腐就能做出三十个菜品出来，可谓是将豆腐发挥到了极致。他是文化创意新产品开发的传人，素宴制作技艺最好的师傅。他将温暖的爱弥漫在人间，不断地传递下去。

当我问到对发展素宴的打算时，陈卫星告诉我：“随着生活的富裕，以及饮食营养的丰富，人们意识到了素食提供的好处。现在上海、杭州等大城市都有专门的素宴餐馆。咱们浏阳在继承传统的素宴的基础上，研发素食的新产品，对产品进行深加工，达到文化的融合，促进乡村旅游。”

我端详着陈卫星递过来的素食宴模型，油然升起了一种对自然和生命的敬畏之心。

这时，耳边响起他的声音：“素食，是开始还生命于自然。什么是真正的自然，顺应自然！万事唯有通过尝味、品味、回味，反复咀嚼这‘三味’，才能体味蕴藏于事物中的真谛。”

我点点头，心里暗自为他点赞。不由得想，陈卫星正是懂得这些道理，才能做出人生百味的美味佳肴来。

四、铜锣精神

走访的时候，我了解到镇头有个“铜锣村庄”，心里顿生向往。于是在结束金田的走访后，走进了这个村庄。

说“铜锣村庄”是不准确的，这只是我为了方便记住她而给她取的一个名字。20 世纪 60 年代，在湖南，特别是广大农村，到处是一片“铜锣”“补锅”声。这就是当时两个花鼓小戏《打铜锣》《补锅》带来的社会效应。

让我怎么也没有想到的是，《打铜锣》的人物原型竟然来自“铜锣村庄”——甘棠村。

几十年后，2018 年，《新打铜锣》再次在甘棠村敲响。延续了《打铜锣》的风格将戏曲人物置于当代，上演了一场生态环保大戏。为何铜锣偏偏在这个村数次响起呢？

蔡九哥知道，林十娘知道，村民们知道。

我也想知道。

甘棠村静静地踞守在浏阳市西南部，距离长沙市区、株洲市区、浏阳市区均不到一小时车程，处于长株潭融城经济圈的核心地带。在车上，村委会的工作人员江文明告诉我，村上曾出过清朝进士，明代作为漕粮仓储，熊氏宗祠开办了浏阳第一族学……

我暗想，一个村子是构成传统农业的社会根基，承载了中华文化的核心元素，其特有的血缘、地缘特征使其在生产生活、文化传承方面有特殊作用。通过“文化+”或“+文化”等手段发掘利用乡土文化资源，实现乡土文化的自我创造、自我服务与自我发展，唤醒和激活乡村文化。

怪不得这个以花卉苗木种植为主的村子有了这些文化印记，让铜锣敲

铜锣广场

响全国。

一路上，山林掩映，微风徐徐。在恣意的享受中，石坑屋场到了，一个超大的平安锣出现在我们眼前。这个锣号称“湘东第一锣”，这个屋场是以铜锣文化为主题的，又称铜锣广场。

说起这面铜锣，就不得不提到一位名叫柯蓝的长沙籍女作家。20 世纪 60 年代，她来到甘棠村体验生活，她看到一些农村的习气有感而发，写了一部小说，叫作《三打铜锣》，后来这部小说慢慢地被改编成了花鼓戏。

更让我惊喜的是，如今，村民又将《新打铜锣》改编成情景剧，并将村规民约融入剧中，自导自演着铜锣的故事，充分地展现了甘棠地域文化，并揭示了“铜锣”在这块土地上的深刻内涵。

铜锣不仅让甘棠村孕育了艺术的成果，更是自豪、自信的代名词。

2015 年年初，潘洲书记带领党员干部从村东头忙到村西头，起初，

爱鸟林风景区

村民们并没有在意，随着铜锣湾广场的推进，基础设施的完善，村级道路的提质……渐渐地有了惊喜。铜锣湾屋场建好后，聘请本土知名艺术家，在近 8000 多平方米的居民房屋围墙上，将铜锣民间文化通过讲故事、绘画的形式体现出来，让村民学习铜锣文化，了解铜锣的历史。屋场有林十娘观鹅园、爱鸟林风景区。林间植被繁茂，一年四季桂花飘香，自然生态资源丰富，以“青山绿水，鸟语花香”为主要特色。

还有甘棠古井修缮再现人世。古井的水质好、口感佳，因而在石坑屋场的建设时，很好地将古井和古樟在保留其原貌的条件下进行了改造，既美化了乡村，也不影响村民取水。

甘棠村以该广场为屋场示范点，“以点带面”复制到全村七个村组。屋场入口置有浏阳“橘子洲”之称的白步洲景区，随处可见与铜锣、与农村生活风尚有关的对联，“细水涓涓满口甜，清风习习周身爽……”好一幅乡村休闲图画。

“长沙市美丽乡村示范村”“长沙市美丽宜居示范村”纷至沓来时，甘棠村村委会意识到，美丽乡村建设在完善基础设施、改变环境面貌、发展乡村经济的同时，更需要文化和人心之美。

于是《村规民约》《孝字歌》《友爱歌》出现在铜锣文化墙中。走在广场内，我发现了一个很有意思的现象。随处可见与铜锣、与农村生活风尚有关的对联。江文明告诉我，这出自 75 岁的江文定老人之手。原来他是一名退休教师，一直以来在热心村上的文化公益事业。

“细水涓涓满口甜，清风习习周身爽。”我读着，心里忽然生起诗意来。

很快，村民自发成立了扬帆志愿服务队，人人拿着小旗，宣传“五治”之余。制定了村规民约，成立了红白喜事理事会，在“移风易俗，文明办酒”“殡葬改革”方面颇见成效。

什么是铜锣精神？

忠于职守、敢于担当、明辨是非、廉洁奉公、拒腐防变和团结包容、知错必改的精神，将其印刻在广场的石碑上，以此告诫和警醒村民。正是有了这种精神的传承，在美丽乡村建设中，甘棠村挖掘本地文化，打好“历史文化+生态资源”的乡村旅游融合发展的路子。2015 年，全村村民人均纯收入 32200 元，村级集体经济收入 31.5 万元。

听到这样的数字，我知道甘棠的模样绝非是两天的采访就可以窥见全貌的，但是这短短的时间让我更加真实地感觉到基层农村工作者的重担。

后记：

让未来记住今天

一切美好都源于热爱。

一个很偶然的机会，我参与到沙市东门村美丽乡村的建设中。我返往于城市与乡村之间，在这里的一年期间，看着这个小村庄一点点地壮大、成熟、惊艳，最后实现完美蝶变。

我忽然意识到，待在办公室、书屋里的自己是那样单薄和苍白。于是我从馆舍天地走向纷繁的生活中，不论是农家的柴火灶、镇上的赶集会，还是老百姓家庭的苦与乐，抑或万丈高楼平地起、千亩产业从零建……我感受到这才是活生生、热腾腾的日子。

在全国大地如火如荼开展乡村振兴壮举时，我无法不对这个历史节点不敏感，不向往。2020年年初，我和民革党员，植物学家，摄影家周利和老师等深入乡村，感受人民在乡村振兴工作中的火热生活。近9个多月的采访，我们走访了浏阳20个乡村，访问了100多名干部群众，我们努力用自己手里的笔和镜头真实镌刻着他们圆梦的故事。

《庄子·天道》有言："素朴而天下莫能与之争美。"

美往往是朴素的。当我们一个村庄接着一个村庄地走访，一个村民接着一个村民地深入交谈，常常让我心潮起伏，热血沸腾，一次又一次地回望。我被一些人和事，被最基层的乡村党员干部们，被共产党人百折不挠的毅力、迎难而上的决心、勇于担当的使命所感动。这是一个伟大的时代，这是中华民族复兴的伟大时代，我为能生在这个时代为荣。

本书仅仅采访到一小部分的群众和党员干部，还有一大部分的人们正在默默地付出，我在有限的时间和文字里，没能一一表达。书中还有许多这样那样的缺点与不足，所给予读者的也很不够。但无论怎么样，它一定是很诚实的呈现出这方热土在不断上演着寻梦、追梦、共同富裕幸福梦的奋斗历程。我们有理由让未来记住今天！

木心先生说，许多"个人"加起来，便是"时代"。那么，把乡村里写到的一个个、一件件、一桩桩人和事加起来，兴许也能大致白描出一个美丽乡村，小康中国的模样吧。

本书的编辑出版，得到浏阳市人民政府、民革浏阳市工委、市农业农村局（乡村振兴局）、市文旅广体局、市医保局以及东门村等21个村的大力支持。书中图片由各村提供，部分图片由周利和拍摄，在此一并表示感谢。